Carlo Lucarelli
Freie Hand für De Luca

Zu diesem Buch

Eine norditalienische Stadt im April 1945, kurz vor dem Einmarsch der Alliierten. Wenige Stunden vor dem endgültigen Zusammenbruch wird Kommissar De Luca mit der Lösung eines Mordfalls beauftragt. Doch irgend etwas an der Sache ist faul, denn die faschistischen Machthaber lassen ihm bei der Ermittlung erstaunlicherweise freie Hand. Der Ermordete Vittorio Rehinard war ein Lebemann und Frauenheld – und so sind auch alle Verdächtigen weiblich: die drogenabhängige Sonia, die rothaarige Hellseherin Valeria sowie Silvia Alfieri, die Mutter eines hohen italienischen SS-Offiziers und Ehefrau des Mannes, der der erklärte Gegenspieler von Sonias Vater ist. Vor dem historischen Hintergrund des letzten Aufbäumens des italienischen Faschismus in der Republik von Salò entfaltet Carlo Lucarelli das Szenario eines raffiniert abgestimmten kriminalistischen Ränkespiels.

Carlo Lucarelli, geboren 1960 in Parma, ist Mitbegründer von »Gruppo 13«, unterrichtet an der von Alessandro Baricco begründeten Schule für Kreatives Schreiben in Turin und lebt bei Bologna. Er veröffentlichte Kriminalromane und Erzählungen und gilt als einer der vielversprechenden jungen Autoren des italienischen Krimigenres. Außerdem erschienen von ihm auf deutsch seine Romane »Der grüne Leguan«, »Der trübe Sommer« und »Der rote Sonntag«.

Carlo Lucarelli

Freie Hand für De Luca

Kriminalroman

Aus dem Italienischen von
Susanne Bergius

Mit einem Nachwort von
Katrin Schaffner

Piper München Zürich

Ungekürzte Taschenbuchausgabe
Piper Verlag GmbH, München
1. Auflage November 1999
2. Auflage Juni 2001

Titel der italienischen Originalausgabe:
»Carta Bianca«

Umschlag: Büro Hamburg
Stefanie Oberbeck, Katrin Hoffmann
Foto Umschlagvorderseite: Tony Vaccaro
(Archiv für Kunst und Geschichte, Berlin)
Foto Umschlagrückseite: Giovanni Giovannetti
Satz: Rio Verlag, Zürich
Druck und Bindung: Clausen & Bosse, Leck
Printed in Germany ISBN 3-492-25693-7

Die Beamten und Vertreter der Polizeikräfte wachen über die Aufrechterhaltung der öffentlichen Ordnung, die Unversehrtheit und den Schutz von Personen und Eigentum. Zur Verhütung von Straftaten im allgemeinen sammeln sie Beweismaterial zu diesen und gehen dann zur Aufklärung und im Rahmen des Gesetzes zur Verhaftung von Verbrechern über.

(Art. 1 der Statuten der *Pubblica Sicurezza*, 1931)

– Die Republik muß ein gutes Ende nehmen. Wenn die Regierung ins Exil geht, muß an die zurückbleibenden Faschisten gedacht werden. Larice, wieviel Vertrauen haben Sie in die Polizei?

– Wenig, Duce.

– Das habe ich mir gedacht.

(Gespräch zwischen Mussolini und Larice, 24. April 1945)

Erstes Kapitel

Die Bombe explodierte mit ungeheurem Krach genau in dem Augenblick, als der Trauerzug die Straße überquerte. De Luca warf sich instinktiv zu Boden und hielt sich die Hände schützend über den Kopf. Ein Mauerblock stürzte auf den Bürgersteig herab und bedeckte ihn mit Staub. Alles schrie wild durcheinander. Ein Sergeant der Republikanischen Garde hob die Maschinenpistole und schoß eine nicht enden wollende, ohrenbetäubende Salve über ihm ab. Eine Kaskade kaputter Dachziegel hagelte auf die Straße.

«Bastarde!» schrie der Sergeant, «Hurensöhne!»

«Bastarde!» brüllten alle und schossen – die Republikanische Garde, die Schwarze Brigade, der Kampfverband Decima MAS und die Polizei. Nur De Luca lag mit dem Gesicht im Staub auf dem Boden, die Finger in den Haaren verkrampft. So verharrte er eine Ewigkeit, und erst, als alle zu schießen aufgehört hatten und nur noch das Stöhnen der Verwundeten zu hören war, raffte er sich wieder auf die Knie, klopfte seinen Mantel ab und stand auf.

«Das werden sie uns büßen!» schrie ihm ein Unterführer ins Gesicht und packte ihn am Kragen seines Mantels, «Rache, jetzt haben wir freie Hand!»

«Freie Hand, ja», sagte De Luca, während er sich aus dem hysterischen Klammergriff befreite, der ihm fast die Kleider vom Leib zerrte, «sicher, gewiß doch …», und ohne sich nochmals umzusehen, entfernte er sich eilig und seufzend. Seine Lippen schmeckten nach Staub. Ein Knie tat ihm weh. Ich hätte mich nicht aufhalten lassen sollen, dachte er und bog um die Ecke, als die metallenen Bremsen der ersten Lastwagen kreischten und die Deutschen heruntersprangen, um die Straßen zu sperren.

Er zog sich den Regenmantel enger um die Schultern und steckte die Hände in die Manteltaschen. Der Frühling schien sich zu verspäten, es war immer noch kalt. Er bog um die nächste Straßenecke und zählte die Hausschilder an den Fassaden, bis zur Nummer 15. Auf der ersten Stufe des Eingangs drehte er sich noch einmal um, um sich der Hausnummer zu vergewissern, Via Battisti 15, dann betrat er entschlossen das Gebäude. Er kam an einem schmiedeeisernen Fahrstuhl mit einer imposanten Gittertür vorbei und blieb vor der Portiersloge stehen. Sie war jedoch unbesetzt. Er stieg einen Treppenaufgang hoch, der weiß und blank wie aus Marmor war. Wirklich ein herrschaftliches Gebäude. Wie im Kontrast dazu strich er sich mit der Hand über das stoppelige Kinn. Höchste Zeit, sich zu rasieren. Im ersten Stock kam ihm ein Mann entgegen. Er war dick, trug einen schweren Mantel und hatte das breite Gesicht eines Polizeibeamten.

«Was ist passiert?» fragte er ängstlich, «dieser Krach da draußen ...»

«Ein Attentat», sagte De Luca. «Man hat bei der Beerdigung von Tornago eine Bombe geworfen. Aber jetzt ist alles wieder unter Kontrolle ...»

«Ach so ...», der Mann schüttelte den Kopf, als wolle er etwas sagen, aber dann machte er einen Schritt nach vorne und stemmte De Luca, der gerade entschlossen auf eine Tür zuging, eine Hand auf die Brust, stoppte ihn mit ausgestrecktem Bein und stieß ihn derart zurück, daß es De Luca im Nacken schmerzte.

«Na, na, mein Lieber! Wo willst du denn hin?»

De Luca schloß die Augen, was kurz die Falten der Schlaflosigkeit glättete, die sein Gesicht überzogen. Mit einer Geste der rechten Hand bedeutete er «einen Moment», und mit der linken zog er einen Ausweis aus der Manteltasche, den der Gorilla sofort, noch bevor er ihn gelesen hatte, erkannte. Der Dicke erblaßte. Den Arm zum Gruß erhoben schlug er die Hacken zusammen.

«Entschuldigen Sie, Herr Kommandant ... wenn Sie mir das gleich gesagt hätten ...»

De Luca nickte und steckte den Ausweis wieder weg. «Macht nichts», sagte er, «aber nenn mich nicht Kommandant, ich bin nicht mehr in der Muti, ich bin Kommissar. Ich kümmere mich um diesen Fall. Wer ist da drin?»

«Polizeimeister Pugliese, von der Mordkommission. Und seine Mannschaft.»

«Niemand von den Behörden, Journalisten, Verwandte ...?»

«Nur die Quästur.»

«Gut. Laß niemanden rein ... außer mir natürlich. Laß mich durch, bitte.»

«Entschuldigen Sie. Zu Befehl, Herr Kommandant!»

«Kommissar, nicht Kommandant, Kommissar.»

«Ach ja, entschuldigen Sie. Zu Befehl, Herr Kommissar!»

De Luca seufzte, während der Gorilla zur Seite trat und ihm die Tür öffnete.

Im Gegensatz zu der Vorstellung, die er sich von diesem Appartement gemacht hatte, trat er in einen ziemlich engen und kleinen Gang. Auf der einen Seite befand sich ein kleiner Tisch mit geschwungenen Beinen, darauf ein weißes Telefon; auf der anderen ein Kleiderständer und Stiche an den Wänden. Am Ende des Flures standen im von einer Türöffnung eingerahmten Zimmerausschnitt, wie in einem Gemälde, zwei Männer. Gelassen ließen sie ihn näher kommen. Der eine war klein, hatte eine Habichtnase und trug einen schwarzen Hut, der andere war mager, jung und trug eine Brille.

«Was ist passiert?» fragte der Kleine mit starkem süditalienischen Akzent, «eine Bombe?»

«Ein Attentat», wiederholte De Luca, «Handgranaten an der Beerdigung von Tornago.»

«Nur Handgranaten?» staunte der Magere, «es schien, als sei die Front bis hierher vorgerückt!»

«Sie haben den Kopf verloren, und dann haben alle drauflos geschossen.»

Der Magere nahm die Brille ab und schüttelte den Kopf. «Bestimmt ist dabei die Leiche entkommen. Sie sind so heruntergekommen, daß sie sich nun schon gegenseitig umbringen … Mittlerweile ist es sogar gefährlich, bei der Beerdigung eines hohen Parteifunktio…» Er stockte, da der Kleine, der De Luca mit halbgeschlossenen Augen beobachtete, ihn in den Oberarm gekniffen hatte.

«Ich kenne Sie», sagte der Kleine. «Sie sind einer aus der Politik. Ist das hier Ihr Fall? Den überlassen wir Ihnen gerne … Komm, Albertini, gehen wir …»

De Luca hob einen Arm und hielt sie mit einem tiefen Seufzer an der Türschwelle auf.

«Wie oft muß ich das heute wohl noch wiederholen?» stöhnte er, «ich bin nicht mehr in der Politik, ich bin Kommissar De Luca im Amt der Quästur. Man hat mich gestern von der Brigade Ettore Muti, Sondereinheit der Politischen Polizei, hierher versetzt. Ich habe zwar noch keine Ausweise, aber wir arbeiten zusammen. Man hat mir den Fall übertragen. In Ordnung?»

Der Mann mit der Habichtnase nahm den Hut ab und verbeugte sich. «Wir stehen zu Ihrer Verfügung», sagte er. Der mit der Brille, Albertini, erwiderte hingegen nichts mehr.

De Luca betrat den Raum. Genau neben ihm zu seiner Rechten lag ein Mann mit dem Gesicht nach oben auf dem Boden, einen Arm längs der Wand nach oben gebogen. Er trug einen blauen Morgenrock aus Seide und hatte eine breite Wunde auf der Brust, dunkel und klebrig, in der Höhe des Herzens. Unter dem Saum des blutbefleckten Morgenmantels war eine weitere

Verletzung an der Leiste zu erkennen. De Luca betrachtete den Toten lange, dann sah er sich um: Die Wände waren voll von Büchern, auf dem Schreibtisch stand eine Glaslampe, die Sessel in der Mitte des Zimmers, der niedrige Tisch, die Lampe, die Spiegel, der Teppich, alles war in perfekter Ordnung. Wirklich ein vornehmes Haus.

«Wer ist das?» fragte er und wandte sich wieder dem Toten zu.

«Er hieß Rehinard», sagte der Kleine. Albertini schwieg weiter.

«Ein Deutscher?»

«Er stammte aus Trient. Italienischer Staatsbürger.»

«Kennen Sie ihn?»

«Nein, ich habe seine Brieftasche gefunden. Hier.»

Vom Korridor her drang ein Geräusch, aber De Luca drehte sich nicht um.

«Das ist einer meiner Männer, er durchsucht die anderen Zimmer», erklärte der Kleine. «Das Appartement ist groß, vier Zimmer mit Bad und Küche. Außer ihm war niemand da. Wollen Sie sich jetzt die Brieftasche ansehen?»

De Luca nahm sie entgegen; sie war schwer und aus handgearbeitetem Krokodilleder. Dann ging er zu dem kleinen Tisch in der Mitte des Zimmers. Er setzte sich in einen Sessel und leerte den Inhalt der Brieftasche auf die Glasplatte neben zwei Gläser. Dabei bemerkte er, daß der Rand des einen Lippenstiftspuren trug.

«Papiere», erklärte der kleine Typ, während De Luca sie untersuchte. «Parteiausweis, Geld und einige Visitenkarten.»

Auf einer sehr eleganten Visitenkarte stand mit geprägten, verzierten Buchstaben «Graf Alberto Maria Tedesco», auf einer schlichteren und flacheren in Kursivbuchstaben «Sibilla» und eine Telefonnummer. De Luca nahm die Karte des Grafen in die Hand, wie um sie zu wiegen, dann ließ er sie wieder zu den anderen fallen.

«Wo ist die Hausangestellte?» fragte er.

«Bitte?»

«Die Hausangestellte, das Dienstmädchen, die Aufwartefrau ... wie nennt ihr sie?»

Der Kleine sah ihn verwundert an und zog die Augenbrauen über den schmalen Augen zusammen. «Es gibt keine Hausangestellte», sagte er.

«In einem solchen Haus, das so sauber und so ordentlich aussieht? Bei einem alleinstehenden Mann, wie aus den Papieren zu entnehmen ist?» De Luca erhob sich und ging durchs Zimmer, «es scheint mir hier alles zu ordentlich für eine Hausangestellte zu sein, die nur für einige Stunden kommt. Es sei denn, sie ist gerade eben erst gegangen. Oder vielleicht handelt es sich ja auch um einen Hausangestellten ... eines der Zimmer wird ihm gehören, es müßten seine Sachen drin sein. Gibt es eures Wissens in der Quästur nichts über diesen Typen?»

«Nichts, an das ich mich erinnern könnte, und ich merke mir alles. Aber wahrscheinlich findet sich bei Ihnen eher etwas ... ich meine ...»

«Ja, in der Tat, aber es ist wenig.» De Luca erinnerte sich an die Karteikarte aus gelber Pappe. Rehinard Vittorio, Mitglied der Faschistischen Republikanischen Partei. Sonst nichts.

Genau deswegen erinnerte er sich an sie. «Ist der Arzt schon gekommen?» fragte er.

«Noch nicht, aber wir haben ihn rufen lassen.»

«Und Polizeimeister Pugliese?»

«Ich bin Pugliese.»

«Ah.» De Luca blieb wieder vor der Leiche stehen. Mit der Fußspitze schob er den Saum des Morgenrocks beiseite, der dem Toten die Beine bedeckte. Albertini drehte sich um. Pugliese hingegen trat näher und beugte sich, die Hände auf die Knie gestützt, nach vorne.

«Eifersucht?» fragte er.

De Luca zog die Schultern hoch. «Vielleicht», murmelte er.

«Eine Frau war jedenfalls hier, das kann noch gar nicht lange her sein. Ich würde sagen, eine Blonde, nach der Farbe des Lippenstifts am Glas dort zu urteilen ... die Tatwaffe ist nicht da, stimmt's?»

«Nein, bis jetzt haben wir sie noch nicht gefunden, weder Dolch noch Messer.»

«Und einen Brieföffner?»

«Einen Brieföffner?» Wieder sah Pugliese ihn schief an.

«Wahrscheinlich. Es ist das einzige, was auf diesem wirklich gut ausgestatteten Schreibtisch fehlt, und da liegen ja auch geöffnete Briefe mit dem heutigen Datum.» De Luca ging zum kleinen Tisch zurück und ließ sich in einen Sessel fallen. Er näherte sein Gesicht dem Glas mit dem vom Lippenstift beschmutzten Rand und roch daran. Alkohol. Um diese Tageszeit? Seltsam. Das andere Glas hingegen war leer. Plötzlich überfiel ihn eine Müdigkeit, die ihn gähnen ließ. Seit einer Woche geschah ihm das ständig, immer im ungeeignetsten Augenblick und nie nachts im Bett, wenn er im Dunkeln an die Decke starrte oder sich, ins Laken gewickelt und mit zugekniffenen Augen, von einer Seite auf die andere wälzte.

«Wer hat euch gerufen?» fragte er.

«Der Portier, er hat den Toten gefunden», antwortete Polizeimeister Pugliese. «Er kam hier vorbei und sah die Tür sperrangelweit offenstehen, da ging er hinein und hat alles entdeckt. Seine Frau hat uns angerufen.» Ein fast kahlköpfiger Mann mit einem leichten Brillengestell kam herein und hielt inne. Zuerst sah er De Luca an und dann Pugliese, der mit einer kurzen Kopfbewegung nickte.

«Drüben gibt's nichts», sagte der Kahle. «Nur das Bad und eines der Zimmer sind bewohnt, die anderen stehen leer.»

«Gibt es kein anderes Zimmer – ich weiß nicht, mit Frauensachen in den Schubladen ... oder so was?» fragte De Luca, und Pugliese lächelte, als der Kahlköpfige den Kopf schüttelte.

«Nichts, nur ein Schlafzimmer mit männlichen Utensilien, Kleidern, Badezimmersachen, Schuhen ...»

«Flecken im Bett?»

«Wie bitte?»

«Physiologische Flecken, auf dem Laken.»

«Ach so ... nein, nichts. Alles ordentlich, auch das Bett ist gemacht.»

«Haare auf den Haarbürsten?»

Der Kahle warf Pugliese einen irritierten Blick zu.

«Blond, glatt und lang, wie die des Herrn dort am Boden.»

De Luca nickte und ließ sich gegen die Lehne des Sessels fallen. Der Kopf sank ihm zwischen die Schultern und grub sich in den Kragen des Regenmantels. Er streckte die Beine aus, stemmte die Absätze in den Boden und wäre beinahe eingeschlafen, in eine Wolke weißen, staubbedeckten Stoffes gehüllt, die in der Mitte durch sein schwarzes Hemd geteilt wurde. Sein stoppeliges und faltiges Gesicht sank langsam auf die Brust.

«Geht es Ihnen gut?» fragte Pugliese. «Sie haben so eine ungesunde Gesichtsfarbe.»

«Ich leide unter Schlaflosigkeit», murmelte De Luca, «und nicht nur darunter ... aber keine Bange, ich schlafe nicht ein, ich habe bloß nachgedacht. Wir müssen nur noch den Portier vernehmen und herauskriegen, was dieser Rehinard für ein Typ war, wen er gewöhnlich traf und wer heute früh hier reingekommen ist. Und ob er ein Dienstmädchen hatte. Ich kann einfach nicht glauben, daß er keines gehabt haben soll.»

Pugliese nickte energisch. «Sehr gut. Und dann?»

De Luca sah ihm ernst in die Augen.

«Nichts dann. Was wollt ihr denn sonst noch tun? Wir haben hier einen ziemlich wohlhabenden Typen, der Parteimitglied war und in Verbindung zu Tedesco stand ... ihr wißt, wer Tedesco ist, nicht wahr? Außenministerium ... Einen, der auf eine ziemlich schmutzige Art umgebracht worden ist. Glaubt ihr, daß man jetzt noch irgendeine Ermittlung durchführen kann? Oder daß es überhaupt irgend jemanden interessiert, jetzt, wo die Amerikaner vor Bologna stehen? Ich hänge mich auf, wenn sie uns weitermachen lassen.»

Pugliese lächelte und breitete die Arme aus, während De Luca die Hände auf die Armlehnen stützte und mit einem Ruck schwankend aufstand. «Zu Befehl», sagte er und folgte ihm mit dem Hut in der Hand Richtung Tür. Er blieb vor dem Fahrstuhl stehen, hatte den Finger schon fast auf dem Knopf, doch dann mußte er sich mit seinen kurzen Beinen beeilen, um De Luca einzuholen, der bereits auf halber Höhe der Treppe war.

«Kommandant!» keuchte er, «uh, verdammt ... entschuldigen Sie, Kommissar, ich vergesse es immer wieder! Hören Sie, Kommissar, wenn wir beim Portier sind, zeige ich ihm meinen Ausweis, wenn Sie erlauben. Wenn die Leute Ihren Ausweis sehen, bekommen sie Angst und reden nicht mehr.»

De Luca antwortete nicht. Bei der Portiersloge klopfte Pugliese mit den Knöcheln gegen das Glas, aber De Luca öffnete gleich die Tür, trat ein und wurde fast erschlagen vom Kohlgeruch und der abgestandenen Luft, die ihn die Nase rümpfen ließen und ihm den Magen umdrehten. Auf einem Strohstuhl vor einem warmen Ofen saß eine Frau mit weißen Haaren und einem Rosenkranz in der Hand. Sie wirkte viel älter, als sie wohl war.

«Guten Tag», begrüßte De Luca die Alte, die ihn mit offenem Mund anstarrte, «ich suche den Portier.» Pugliese trat in das kleine Zimmer und schob einen Vorhang zur Seite, der den Rest der Wohnung abtrennte. In einem Topf auf dem Gasherd kochten Kohlköpfe.

«Ich weiß nichts», sagte die Alte. «Mein Mann ist nicht da, und ich weiß nichts.»

«Aber Sie kennen den Herrn von oben, oder?» fragte De Luca. Die Alte zog die Schultern hoch.

«Mein Mann kennt sie alle, ich nicht», sagte sie.

«Er schien ein sehr anständiger Herr gewesen zu sein», sagte Pugliese schmeichelnd. Die Alte drehte sich mit einem Ruck zu ihm um. Der Rosenkranz klapperte.

«Anständig? Bei all den Frauen, die er zu jeder Tages- und Nachtzeit empfing? Man sieht, daß ihr keine Ahnung von den Leuten habt.»

«Was soll das schon sein, ein paar nette Mädchen empfangen, heutzutage ...»

«Heutzutage gibt es keine anständigen Mädchen mehr! Daran ist der Krieg schuld ... Auch heute morgen sind zwei gekommen, eine war diese Blondine, hübsch, aber ganz sicher verrückt und seltsam, die Tochter eines Grafen, sagte mein Mann ... und die andere war eine kleine Dunkelhaarige mit Brille, die war auch eigenartig ... aber ich weiß nichts, ich sehe nur ab und zu etwas von hier aus, weil ich alt bin und Schmerzen in den Beinen habe, die ...»

«Ist schon gut», schnitt De Luca ihr ziemlich schroff das Wort ab, und Pugliese schüttelte hinter seinem Rücken den Kopf. «Haben Sie heute früh außer den beiden Frauen noch jemanden hinaufgehen sehen?»

«Nein, aber mein Mann vielleicht ...»

«Das haben wir schon gehört. Wo ist Ihr Mann?»

«Er ist zum Einkaufen aus dem Haus gegangen, nachdem die Polizei eingetroffen war.» Sie zeigte auf Pugliese.

De Luca sah ihn an, und dieser zog die Schultern hoch.

«Er wird zurückkommen», meinte er.

«Hoffen wir's», sagte De Luca. Er drehte sich um und wollte gerade gehen, als die Alte wieder zu reden begann.

«Eine anständige Person!» keifte sie, «bei dem herrschenden Elend, wo das Brot jetzt fünfzehn Lire das Kilo kostet, wenn man überhaupt welches findet, und er schmiß das Geld zum Fenster hinaus! Wer weiß, woher es kam, und überhaupt ... er hatte es auch mit den Deutschen.»

«Mit den Deutschen?» fragte Pugliese. Er warf De Luca, der die Alte ansah, einen Blick zu.

«Sicher. Das hat mir mein Mann gesagt, weil ich nichts davon verstehe, aber oft kam ein Soldat, ein Offizier, und er hatte rote Kragenspiegel mit diesen ...» Sie zeichnete mit einem mageren, spitzen Finger zwei parallele Zeichen in die Luft, und Pugliese wandte sich mit einer Grimasse ab.

«Na dann gute Nacht», sagte er, «SS.»

«Um so besser», sagte De Luca, «dann sind wir bald fertig. Sagen Sie, noch etwas ... hatte der Herr eine Hausangestellte? Ein Dienstmädchen ...?»

«Oh ja, Assuntina.» De Luca ließ sich von einem kleinen müden Lächeln übermannen. «Eine aus dem Süden, eine Evakuierte. Sie blieb immer bei ihm, auch wenn sich das nicht gehört, wenn es nach mir ginge ... Aber vor drei Tagen ist sie verschwunden.»

De Luca wandte sich wieder um, und dieses Mal hielt ihn niemand zurück. Er verließ die Portiersloge zusammen mit Pugliese, der ihm über die Eingangsstufen bis zur Tür hinterhereilte. Draußen hielt eine Patrouille der Republikanischen Garde Leute an, indem sie die Maschinenpistolen auf sie richtete. Ein Mann in Zivil, der alle Ausweise kontrollierte, deutete De Luca gegenüber einen Gruß an, den dieser jedoch nicht erwiderte.

«Was machen wir jetzt?» fragte Pugliese und setzte sich den Hut auf.

«Wir gehen in die Quästur und erstatten Bericht. Wir sagen ihnen, daß ein zwielichtiger Typ, Parteimitglied und Freund von der SS und der Tochter des Grafen Tedesco, – nebenbei gesagt, nur ein Mitglied des diplomatischen Corps der Republik und ein persönlicher Freund des Marschalls Graziani – umgebracht und kastriert worden sei, von wer weiß wem und mit einer Waffe, die verschwunden ist. Schön wär's, wenn es bloß ein armes eifersüchtiges Dienstmädchen gewesen wäre, die seit drei Tagen nicht mehr in seinem Haus gewesen ist, in dem aber alle Betten heute früh gemacht worden sind. Und das alles basiere auf der Zeugenaussage eines Portiers, der beschlossen hat, zum Einkaufen zu verschwinden, obwohl er die Polizei und ein Verbrechen im Haus hat. Was glauben Sie, was der Quästor dazu sagen wird?»

«Was der Quästor dazu sagen wird?» wiederholte Pugliese mit einem ironischen Lächeln.

«Das, was ich gleich sagen werde.» De Luca fischte seinen Ausweis unter dem Regenmantel hervor und zeigte ihn einem Milizsoldaten, der mit drohender Miene auf sie zukam. «Verpiß dich, Junge», sagte er. «Das geht dich nichts an. Laß die Finger davon.»

Zweites Kapitel

«Die Finger davon lassen? Bist du verrückt, De Luca, was sagst du da?»

Der Quästor erhob sich aus seinem Sessel, ging um den Schreibtisch herum und pflanzte sich vor De Luca auf, der unbequem und steif wie ein Angeklagter auf einem Holzstuhl saß und mit vor der Brust verschränkten Armen auf den Boden blickte.

«Ich sage dir, da ist ein Verbrechen begangen worden, ein großes Verbrechen, wir können das nicht einfach auf sich beruhen lassen ... du hast alles darangesetzt, um in die Quästur versetzt zu werden, und nun kommst du mir mit so einem Unsinn? Das sieht dir gar nicht ähnlich ...»

De Luca erwiderte nichts und hielt die Augen weiterhin starr auf den Boden gerichtet. Hinter ihm saß Vitali, Sekretär der Faschistischen Partei, lässig in einem Sessel; ein Bein hing über der Armlehne, und er ließ einen blitzblanken Stiefel lasch baumeln. Schweigend und mit einem schmalen Lächeln auf den dünnen Lippen beobachtete er De Luca. Der Quästor kehrte wieder hinter seinen Schreibtisch zurück. Er setzte sich jedoch nicht hin, sondern blieb stehen. Er war eine stattliche Erscheinung, seine Hände steckten in den am Ansatz seines runden Bauches angebrachten Westentaschen. An der Wand über ihm hing das kriegerische Kinn des Duce.

«Wenn es etwas gibt, das dir Angst macht», bemerkte er väterlich, «wenn jemand Druck auf dich ausübt oder darauf drängt, die Gerechtigkeit im Dunkeln zu lassen, so ist es eben genau unsere Aufgabe …»

«Es ist der ausdrückliche Wille des Duce», unterbrach ihn Vitali ohne aufzustehen, «und auch unserer natürlich, daß die Polizei ihre Arbeit durchführen kann, ohne in Dingen, die sie zu erledigen hat, behindert zu werden. Daß sie Diebe und Mörder verhaftet und daß das italienische Volk weiß, daß im faschistischen Italien auch in schwierigen Zeiten das Gesetz immer noch Gesetz ist! Bei uns ist es nicht so wie im Süden, wo Neger und Badoglio-Anhänger das Sagen haben … ein so wichtiger Fall wie dieser dient dazu, den Leuten zu zeigen, daß die Polizei präsent ist und aufpaßt!»

Der Quästor machte mit der Hand eine Geste und nickte bedeutsam, wie um auszudrücken, daß ihm diese Worte aus der Seele gesprochen waren. Er setzte sich wieder in den Sessel, der unter seinem Gewicht knarrte.

«Drücken Sie sich deutlich aus», sagte De Luca, «was wollen Sie von mir?»

Der Quästor lächelte. «Du bist einer der besten Detektive der Polizei, du warst es, bevor du zur Muti gingst, und du bist es auch jetzt noch … also finde den Mörder.»

«Natürlich diskret …»

«Ganz im Gegenteil, Kommissar.» Vitali erhob sich mit dem für die faschistische Uniform typischen Stoffrascheln und ließ seine Stiefel hinter De Lucas Rücken knirschen. «Ganz im Gegenteil. Sie werden breites Echo in den Zeitungen finden, und jedes Mittel steht Ihnen zur Verfügung … jegliche Unterstützung der Partei.» Er schritt ebenfalls um den Schreibtisch und blieb neben dem Quästor stehen. Er war klein und nervös und hatte mit Brillantine straff zurückgekämmte, rabenschwarze Haare. De Luca sah beide lange schweigend an, dann nickte er.

«Ich habe verstanden», sagte er, «ich finde heraus, wer Rehinard umgebracht hat. Und dann?»

«Dann verhaftest du ihn. Du legst ihm Handschellen an und bringst ihn ins Gefängnis … das ist dein Beruf, oder?»

«Auch wenn er ein Graf ist?»

«Auch wenn er ein Graf ist.»

«Auch wenn er ein Deutscher ist?»

Vitali schnitt eine Grimasse und verzog die dünnen Lippen. «Einen Deutschen natürlich nicht … aber das versteht sich doch von selbst.»

«Versteht sich doch von selbst …», pflichtete der Quästor ihm bei. «Aber jetzt Schluß mit dem Gerede, und mach dich an die Arbeit. Du kümmerst dich ausschließlich um diesen Fall. Du bist sogar mit einem Auto ausgerüstet und mit so vielen Männern, wie du nur willst … der Verbandsführer hat die Miliz für jede gewünschte Unterstützung zur Verfügung gestellt.»

Vitali schlug mit einem heftigen Knallen die Hacken seiner funkelnagelneuen Stiefel zusammen, senkte den Kopf und nahm Haltung an.

«Kommissar De Luca!» brüllte er, «das faschistische Italien schaut auf Sie! *Saluto al Duce!*»

Albertini stand auf der Straße vor dem Eingang des Hauses in der Via Battisti und riß die Augen auf, als er De Luca in einem Auto ankommen sah, dem ein Lastwagen voller Milizionäre folgte. Mit metallenem Bremsenkreischen hielt der Wagen auf dem Bürgersteig. De Luca stieg aus und machte dem Unterführer ein Zeichen, worauf dieser herbeieilte.

«War der Arzt schon da?» fragte er Albertini.

«Er war da und ist auch schon wieder weg. Er hat mit Polizeimeister Pugliese gesprochen.»

«Gut. Ist der Brieföffner aufgetaucht?»

«Der Brieföffner? Ach so, die Tatwaffe … nein, keine Spur. Entschuldigen Sie bitte, Kommissar, aber wer sind diese Leute?»

«Sie sind da, um uns zu helfen», sagte De Luca, «maximale Zusammenarbeit.»

Er zeigte dem Sergeanten den Eingang: «Stellt alles auf den Kopf und bringt mir die Tatwaffe, und wenn ihr sie nicht im Haus findet, dann sucht in den Straßen. Ich will sie heute abend haben. Ist Pugliese noch oben?»

«Eben, nein … ich habe hier draußen auf Sie gewartet, um es Ihnen mitzuteilen. Pugliese wartet bei Rosina auf Sie.»

«Bei Rosina?»

Albertini lächelte. «Das ist eine Trattoria, gleich da vorne, die dort … Kommen Sie, ich begleite Sie.»

Sie überquerten die Straße und betraten die Trattoria durch einen speckig aussehenden Schilfrohrvorhang. Drinnen hatte es einige wenige Tische mit großkarierten Tischtüchern und eine Theke aus Chrom. Ein schwerer Geruch nach Frittiertem hing in der Luft. Alle Tische waren besetzt, und in einer Ecke saß Pugliese vor einem Glas Rotwein. Als er De Luca sah, stand er auf, schob ihm einen Stuhl zurecht und schenkte ihm ein Glas Wein ein.

«Kommen Sie, Kommissar, ich habe schon auf Sie gewartet.»

«Was machen Sie hier?» fragte De Luca schroff.

«Es ist Mittag, und um zu arbeiten, muß man essen, oder? Hier ißt man gut und günstig, und außerdem gibt es ein funktionierendes Telefon … Glauben Sie mir, Kommissar, ich bin schon seit sieben Jahren hier und habe meine Arbeit immer von hier aus erledigt.»

De Luca zögerte, dann zuckte er mit den Achseln und setzte sich. «Das sind nicht gerade meine bevorzugten Methoden», murmelte er, während Pugliese ihm das Glas zuschob.

«Ich kenne Sie», sagte Pugliese und bedeutete Albertini, sich zu setzen. «Sie sind einer, der sich nie ausruht, immer angespannt ist … Sie erinnern mich an den armen Kommissar Lenzi, tüchtig, effizient, aber mit einem Magengeschwür!»

De Luca nahm das Glas und betrachtete den dunklen Wein darin, der den Glasrand färbte. «Was ist ihm passiert? Diesem Lenzi, meine ich, ist er an dem Geschwür gestorben?»

Pugliese seufzte und wies ein Mädchen an, Albertini ein Glas zu bringen.

«Er war ein zerstreuter Mensch», sagte er, «tüchtig, aber zerstreut … Nach dem 8. September hat er ein paar Fehler gemacht und endete an der Wand. Die Deutschen.»

De Luca nickte. «Ich verstehe», sagte er leise, «aber ich glaube nicht, daß ich wie er bin. Ich bin Polizist.»

Das Mädchen kam mit einem Glas, und Albertini drehte sich nach ihrem Hintern um, als sie sich wieder entfernte. Pugliese beugte sich dazu sogar hinter dem Tisch hervor. «Das ist ein weiterer Grund, warum ich gerne zur Rosina komme», meinte er, aber De Luca schien an etwas ganz anderes zu denken.

«Ist der Portier zurück?» fragte er. Albertini schüttelte den Kopf.

«Wir haben ihn nicht gesehen», antwortete er, «und seine Frau beginnt sich langsam Sorgen zu machen. Sie sagt, daß er immer mittags nach Hause gekommen sei, seitdem sie miteinander verheiratet sind, außer damals, als sie ihn nach Caporetto einberufen hätten.»

«Dann müssen wir ihn suchen lassen.»

Pugliese runzelte die Stirn. «Wieso? Was hat Ihnen der Quästor gesagt?»

«Er hat gesagt, daß wir den Mörder von Rehinard finden sollen.»

«Merkwürdig.»

«Es ist unser Beruf.»

«Natürlich, aber … ich meine … verdammt, Kommissar, Sie wissen genau, was ich sagen will!»

«Ich weiß, es ist tatsächlich sonderbar. Und so wie ich die Sache sehe, ist es sogar gefährlich. Sie wollen etwas, das die Leute ablenkt. Aber ich traue dieser Schlange Vitali nicht. Wir genießen sogar die Aufmerksamkeit der Presse.»

«Um Gottes Willen, auch noch den Namen in den Zeitungen! Na großartig …»

Das Mädchen kam mit zwei Tellern Spaghetti zurück, einen stellte sie vor De Luca, den anderen schob sie Pugliese hinüber, dann entfernte sie sich wieder mit schlurfenden Schritten. Albertini blickte ihr hinterher.

«Ich habe auch für Sie etwas bestellt, Kommissar, aber wenn Sie es nicht wollen, gebe ich es wieder zurück.»

De Luca schüttelte den Kopf. Er hatte nicht gefrühstückt, aber wie immer, wenn er sich zu Tisch setzte, verging ihm der Hunger, genauso wie abends der Schlaf, um sich dann im unmöglichsten Moment wieder bemerkbar zu machen. Im Augenblick war ihm sogar richtiggehend schlecht. Er nahm den Teller und schob ihn zu Albertini hinüber, der sich mit einem Kopfnicken bedankte, dann zog er den Mantel aus und legte ihn vorsichtig auf den Stuhl neben sich, da in der Tasche die Pistole steckte. Er trank einen Schluck Rotwein und wartete mit verzogenem Gesicht auf das Brennen im Magen, woraufhin er dann hartnäckig noch einen Schluck trank.

«Wir müssen den Portier suchen lassen», sagte er. Pugliese seufzte, während er ein Riesenknäuel Spaghetti um die Gabel wickelte.

«Sie haben schlechte Angewohnheiten, Kommissar.»

«Es ist merkwürdig, daß er einfach so verschwunden ist», fuhr De Luca fort, «das gefällt mir ganz und gar nicht. Danach müssen wir das kleine Dienstmädchen finden. Und wir müssen zur Faschistischen Partei gehen, um alle Informationen über diesen Rehinard einzuholen.»

Über Albertinis Gesicht huschte ein Lächeln, das er hinter der

Serviette versteckte. «Gehen Sie dorthin, Kommissar? Denn wenn ich dorthin gehe, um nach gewissen Dingen zu fragen, werfen sie mich mit Fußtritten wieder raus ...»

«Wir haben freie Hand, oder? Maximale Zusammenarbeit hat Vitali uns zugesichert ... und wenn sie nicht mitmachen, um so besser, dann sind wir früher fertig. Was hat der Arzt gesagt?»

Pugliese warf De Luca einen flehenden Blick zu, doch der trank gerade mit geschlossenen Augen noch einen Schluck Wein.

«Ausgerechnet jetzt wollen Sie das wissen? Also gut ... Auf den ersten Blick, über den Daumen gepeilt, ist Rehinard an der Stichwaffenverletzung ins Herz gestorben, die ihn sofort getötet hat. Der zweite Stich, der in die Leiste, ist ihm später zugefügt worden und war eigentlich überflüssig. Er dürfte vor vier oder fünf Stunden umgebracht worden sein, später nicht, am Morgen also ... Was die Uhrzeit betrifft, liegt Doktor Martini immer richtig. In ein paar Tagen wird er Ihnen mehr sagen können. Aber warum essen Sie nichts, statt all den Wein auf nüchternen Magen zu trinken? Mögen Sie die Spaghetti lieber ohne Soße?»

De Luca hob eine Hand und starrte auf das Glas.

«Sobald du fertig gegessen hast», sagte er zu Albertini, «läufst du zur Partei und fragst nach Rehinard, auf Wunsch von Kommissar De Luca, Befehl von Vitali. Dann rufst du in der Quästur an und läßt einen Haftbefehl ausstellen für ... wie heißt der Portier?»

«Galimberti, Oreste Galimberti.»

«Für den, an alle Polizeiämter, die Kommissariate, Republikanische Garde, Politische Polizei, alle, auch an die Muti.»

Albertini leerte den Rest des Glases, warf dem Hintern des gerade vorbeigehenden Mädchens noch einen letzten Blick nach und verließ das Lokal.

«Auf wen können wir uns in Ihrer Mannschaft verlassen?» fragte De Luca nach einer Weile. Pugliese schenkte in das hingehaltene Glas Wein nach.

«Auf alle», sagte er, «es sind alles anständige Jungs und ehrliche Patrioten.»

«Das meinte ich nicht. Hier ist etwas faul, Pugliese ...»

«Ach so, wenn Sie aufgeweckte und diskrete Jungs meinen, dann gibt's da Albertini, auch wenn er manchmal ein Hitzkopf ist, und Ingangaro, der Kahlköpfige, der heute früh da war. Und auch Marcon, der Wachposten, der ist zwar nicht besonders pfiffig, aber er macht seine Arbeit gut.»

«Gut.» De Luca betrachtete den rötlichen Schatten, der das Glas an der Stelle färbte, wo er getrunken hatte. «Setzen Sie Ingangaro auf das Dienstmädchen an. Er soll die Evakuierten kontrollieren, eine Runde durch das Haus machen und nach Rehinard fragen.»

«Wird gemacht. Und wir? Was machen wir? Trinken wir einen richtigen Kaffee?»

«Auf jeden Fall. Dann rufen wir Tedesco an und bitten um einen Termin für heute ... Moment mal, wie kommen die hier zu richtigem Kaffee?»

«Aber Kommissar, entspannen Sie sich denn nie? Trinken Sie Ihren Wein aus und lassen Sie mich nur machen, denken Sie nicht darüber nach ...»

Drittes Kapitel

«Ja?»

«Kommissar De Luca und Polizeimeister Pugliese, Polizei. Wir haben einen Termin beim Grafen.»

«Einen Moment.» Das Dienstmädchen zog den Kopf wieder zurück und schloß die Tür. De Luca zog den Regenmantel enger um den Hals und hob den Kopf, um die still daliegende Fassade des Palazzo, der sich vor ihnen erhob, zu betrachten. Einen Augenblick später öffnete sich die Tür wieder und zeigte einen alten Mann.

«Ja?»

«Kommissar De Luca und Polizeimeister Pugliese, Polizei. Wir möchten zum Grafen, wir haben einen Termin.»

Der Mann öffnete die Tür weit und trat zur Seite, um sie hineinzulassen. Sie betraten eine riesige Empfangshalle mit einer großen Freitreppe, als der alte Mann plötzlich sagte «warten Sie bitte einen Moment» und wieder verschwand. De Luca biß die Zähne zusammen.

«Jetzt werde ich gleich sauer», murmelte er, und Pugliese lächelte. Eingetaucht in einen klösterlichen Schatten blieben sie zurück, warteten eine Minute, zwei Minuten, fast drei, dann hallte das trockene Geräusch weit entfernter Schritte in der fast schon absurden, totalen Stille des Palazzos wider, und ein junger Priester trat aus einer Salontür. Es war, als befänden sie sich wirklich in einem Kloster. Der Priester näherte sich ihnen mit raschen Schritten, das Gewand wehte um seine Fußknöchel über schwarzlackierten Schuhen.

«Ja?» fragte er.

«Polizei. Kommissar De Luca und Polizeimeister Pugliese. Wir möchten den Grafen sprechen.»

Als würde er nachdenken, nickte der Priester mit niedergeschlagenen Augen. Ein Bärtchen umrahmte sein schmales Gesicht. Er trug eine Brille, die nicht ausreichte, um ihn älter erscheinen zu lassen.

«Sicher, sicher ...», murmelte er, dann hob er kurz die Augen zu De Luca. «Darf ich den Grund Ihres Besuches wissen? Ich bin Don Vincenzo Peroni, Privatsekretär seiner Exzellenz des Grafen, der gerade äußerst beschäftigt ist.»

«Wie ich schon am Telefon erklärte», sagte De Luca, «geht es um einen Mord. Ein Mitarbeiter des Grafen ist ermordet worden, und wir möchten gerne einige Informationen über ihn und die Beziehung erhalten, die die beiden verband. Er hieß Vittorio Rehinard.»

Don Vincenzo nickte immer noch mit gesenktem Blick. Er schien über jedes gehörte Wort nachzudenken.

«Signor Rehinard arbeitet seit vierzehn Tagen nicht mehr für seine Exzellenz, und seit mindestens einem Monat hat er dieses Haus nicht mehr besucht. Wie Sie sicher wissen, kümmerte sich Signor Rehinard um die Beziehungen zwischen dem Büro Seiner Exzellenz und dem Heiligen Stuhl. Ein tüchtiger Mitarbeiter, aber in letzter Zeit beklagte er sich über gesundheitliche Probleme und hatte deshalb vor, sich zur Ruhe zu setzen.»

«Sehr interessant», sagte De Luca. Diese weiche und langsame Stimme, die sich über jedes Wort legte und es bedeutungsvoll in die Länge zog, begann ihm auf die Nerven zu gehen, «aber ich möchte dies doch vom Grafen selbst hören.»

Ich ... möchte ... dies ... doch ... vom ... Grafen ..., Don Vincenzo nickte bei jedem Wort.

«Seiner Exzellenz tut es leid, Ihnen einen Termin gegeben zu haben, den er leider nicht einhalten kann. Eine unerwartete Verpflichtung, Sie wissen, Staatsangelegenheiten ...», er legte einen Finger an den Mund und nickte bedeutsam. De Luca richtete die Augen gen Himmel. Pugliese war sich sicher, einen Fluch auf seinen Lippen zu lesen. Auch Don Vincenzo sah ihn, mit seinen hellen, gleichmütig wirkenden Augen.

«Was scheren mich plötzliche Verpflichtungen!» knurrte De Luca mit einem *schscheeren*, das aus einer Rede Mussolinis zu stammen schien. «Dies ist die offizielle Ermittlung der Quästur in einem Mordfall! Wenn der Herr Graf nicht mit uns sprechen will, lasse ich ihn morgen früh in die Zentrale zitieren!»

Don Vincenzo zuckte zusammen, mehr noch als bei dem Fluch, und hörte auf zu nicken.

«Sie wissen nicht, was Sie da sagen! In die Quästur! Das ist unmöglich ... aber wenn Sie darauf bestehen, werde ich sehen, was sich machen läßt. Vielleicht möchte Seine Exzellenz Sie empfangen ... oder wird sich besser erklären können als ich.» Er sagte die letzten Worte im gewohnten weichen Ton, aber sie klangen dennoch wie eine Drohung. Mit einer raschen Bewegung wandte er sich um, wobei sich das Priestergewand um seine Beine wickelte. Als er es wieder geordnet hatte, trat er einen Schritt vor und bedeutete ihnen, ihm zu folgen. Er öffnete eine Tür und ließ sie in ein Zimmer eintreten, das eine Bibliothek zu sein schien.

«Wenn Sie bitte warten möchten ...», sagte er, dann schloß er die Tür und ließ seine Schritte im Salon widerhallen.

«Gott im Himmel!» fluchte De Luca. «Ich lasse den noch wirklich in die Quästur kommen, und zwar in Begleitung von Wachen!»

«Denken Sie nicht an so was, Kommissar, schon vorhin mit dem Priester ... sonst machen Sie noch einen falschen Schritt.»

«Schön wär's! Dann nehmen sie mir diesen Fall ab! Ich wünsche mir nichts anderes, Pugliese!»

«Denken Sie nicht an so was ... Schauen Sie lieber diese Sachen hier an.»

Pugliese blickte sich um und zeigte mit dem Hut auf die Wände voller Bücher. Es war ein ziemlich großes Zimmer, das durch ein mit dem Rücken zur Tür stehendes Sofa geteilt wurde. Durch das von einem schweren Vorhang geschlossene Fenster drang nur wenig Licht. Pugliese näherte sich einer Bücherwand, um die Titel zu lesen.

«Oh, welche Heiterkeit ...», meinte er, «‹Erziehung zum Tod›, ‹Das Martyrium des Heiligen Sebastian›, ‹Mystik des Kreuzes› ... sehen Sie sich das Bild da an ... oh Gott!»

Überrascht hatte Pugliese einen Sprung entlang dem Bücherregal gemacht, wobei ihm der Hut aus der Hand gefallen war. Er starrte auf das Sofa, während De Luca es umschritt und ebenfalls mit offenem Mund innehielt. Auf dem Sofa saß unbeweglich, mit halbgeschlossenen Augen und übereinandergeschlagenen Beinen ein Mädchen. Sie hatte die Arme regungslos längs ihrer Hüften liegen, die Handflächen waren nach oben gedreht und das kurze Kleid war ihr über die Knie gerutscht. Ihre blonden Haare waren zu einer Pagenfrisur geschnitten, mit Fransen in der Stirn. Sie war sehr hübsch, zierlich, blaß. Ein Schuh fehlte ihr. Für einen Augenblick sah De Luca ihr auf die Brust, um zu sehen, ob sie atmete, dann bemerkte er, wie sie sich langsam bewegte. Er glaubte, daß sie schlafe, aber sie öffnete den Mund.

«Ihr stört mich», murmelte sie.

«Wie bitte?» fragte Pugliese.

«Ihr stört mich. Laßt mich allein, bitte, geht raus.»

De Luca kam näher und beugte sich vor, um die leicht hervortretenden Augen unter den halbgeschlossenen Lidern zu betrachten und bemerkte dabei die roten Lippen. Ein sattes Rot. Wie das auf dem Glas.

«Wir warten auf den Herrn Grafen», sagte er, «man hat uns hierher geführt. Wir wußten nicht, daß jemand hier ist. Wir ...»

Das Mädchen öffnete die Augen, sah De Luca an und drehte dann, ohne sich zu bewegen, den Kopf zur Seite in Richtung

Pugliese. Sie hatte grüne Augen, ein mattes Grün, und einen sonderbaren weichen Blick, wie von jemandem, der eben aufgewacht ist oder der sich gerade betrinkt.

«Ich sitze gern im Halbdunkeln», sagte sie, «alleine, um nachzudenken. Es entspannt mich, und ich schlafe fast ein. Machen Sie das nie?»

«Oh sicher», erwiderte Pugliese, nachdem er De Luca einen Blick zugeworfen hatte, «sehr oft. Das ist ein schöner Zeitvertreib.»

«Setzen Sie sich neben mich, bitte.» Das Mädchen klopfte mit der Hand auf den schweren Samt des Sofas. «Wo ist mein Schuh?»

Pugliese sah sich um und erblickte die Spitze eines schwarzen Schuhs unter dem Vorhang. Er hob ihn auf und setzte sich, für einen Moment verlegen. Sie nahm ihm den Schuh ab, behielt ihn aber in der Hand. De Luca lehnte sich vor ihr mit den Schultern an die Stirnseite des Kamins.

«Sie sind Sonia Tedesco, die Tochter des Grafen?»

«Und wer sind Sie?»

«Kommissar De Luca.»

«Sind Sie hier, um mich zu verhaften?»

«Haben Sie denn etwas Verbotenes getan?» entgegnete Pugliese. Sonia zog die Schultern hoch. Sie trug ein schwarzes, sehr sommerliches und ziemlich enganliegendes Kleid, das ihre Arme bedeckte, aber Hals und Schultern freiließ.

«Kennen Sie Vittorio Rehinard?» fragte De Luca. Sie hob das Kinn, um ihn unter den gesenkten Augenlidern hervor anzusehen.

«Sie sind mir unsympathisch», sagte sie, dann wandte sie sich zu Pugliese und berührte mit der Fingerspitze seine Nase – ein kleiner Finger mit rundem Nagel. Pugliese errötete. «Sie hingegen sind mir sympathisch. Ich werde es Ihnen sagen. Ich kannte Signor Rehinard.»

«Kannten Sie ihn schon lange?»

«Seitdem ihn Papa kennt.»

«Wann haben Sie ihn zum letzten Mal gesehen?»

«Vielleicht, als er das letzte Mal hier war, letzten Freitag.»

«Und heute früh sind Sie nicht zu ihm gegangen?»

«Ich stehe nie vor Mittag auf.» Sonia Tedesco streckte ein Bein Richtung De Luca aus und hielt ihm den Schuh hin, ohne ihn anzusehen. «Würden Sie mir bitte den Schuh anziehen?» bat sie ihn. «Ich friere am Fuß.»

«Mit Vergnügen», sagte De Luca und seufzte. Er warf Pugliese, der rückhaltlos lächelte, einen Blick zu. Er bückte sich und ergriff mit einer gewissen Zartheit ihre Fessel, zog ihr den Schuh an, worauf sie blitzschnell das Bein hob und ihn mit der Fußspitze berührte – sie streifte ihn nur ganz leicht unter dem Regenmantel etwas unterhalb des Gürtels, eine kurze Bewegung, die Pugliese nicht bemerkte.

«Was war dieser Rehinard denn für ein Typ?» fragte Pugliese, während De Luca, überrascht und verlegen, Sonia anstarrte und sich fragte, ob sie das wirklich mit Absicht getan hatte.

«Ein schöner Mann», sagte Sonia, «sehr schön. Aber auch sehr dumm. Er gefiel allen.»

«Gefiel er Ihnen auch?»

Sonia zog wieder die Schultern hoch. «Er gefiel allen. Auch Valeria.»

«Wer ist Valeria?» wollte De Luca wissen, aber in diesem Augenblick öffnete sich die Tür der Bibliothek, und ein großer Mann mit wirren grauen Haaren und einer unordentlichen Locke, die ihm in die gerunzelte Stirn fiel, betrat den Raum.

«Ich bin äußerst verärgert …», begann er ruhig, dann machte er einen Schritt nach vorne und bemerkte sofort Sonia, die auf dem Sofa saß. «Was machst DU denn hier?» zischte er mit vibrierender Stimme. «Dies hier sind keine Frauenangelegenheiten! Laß uns sofort allein!»

Ohne etwas zu sagen, stand Sonia mit einem leichten Lächeln auf den Lippen auf und blies eine rebellische Locke aus ihrem Gesicht. Mit langsamem und wogendem Gang, der ihr Kleid über den Hüften spannte, verließ sie das Zimmer. Als sie an De Luca vorbeiging, berührte ihn etwas sanft über seinem Regenmantel, auf Schritthöhe, leicht, aber doch stark genug, um ihn instinktiv gegen die Wand zurückweichen zu lassen. Um seine Verlegenheit zu verbergen, hustete er in die geschlossene Hand. Unmittelbar nachdem Sonia das Zimmer verlassen hatte, ging der Graf auf ihn los.

«Es ist unerhört!» schrie er und schlug mit der Faust auf den Tisch. «Ich bin ein persönlicher Freund des Duce, und man schuldet mir etlichen Respekt. Ich verbitte mir, von zwei Schergen der Quästur wie ein Verbrecher behandelt zu werden!»

«Herr Graf, vielleicht haben wir...», begann De Luca, aber er konnte nicht zu Ende sprechen.

«Ist ein Offizier der Polizei eigentlich nicht dazu angehalten, sich zu rasieren? Was für ein Vorbild sind Sie Ihren Untergebenen? Raus hier, sofort!» Er öffnete die Tür der Bibliothek und hielt sie weit offen. De Luca begann zu zittern, allerdings nicht vor Angst. Eine kalte Wut durchzog ihn bis zum Haaransatz.

«Wir gehen sofort», sagte er, sich nur mühsam beherrschend, «aber ich teile Ihnen mit, daß Sie sich morgen früh zum Verhör in der Quästur einzufinden haben. Ich schicke Ihnen zwei Wachen, und wenn es nötig ist, lasse ich Sie mit Handschellen abführen. Guten Tag!» Dann stürmte er mit geballten Fäusten und zusammengebissenen Zähnen hinaus, gefolgt von Pugliese, die wütende Stimme des Grafen im Ohr.

«Ich werde jemanden anrufen, der Ihnen schon den Kopf zurechtrücken wird, Sie Scherge. Sie werden es schon sehen!»

Draußen wurde der Himmel schon grau, und es roch feucht und metallisch nach Regen. De Luca zog den Regenmantel enger um sich, steckte die Hände in die Taschen und ging entschlossen auf das Auto zu. Pugliese rannte ihm hinterher. De Luca sagte nichts, bis er sich gesetzt hatte, dann ließ er jedoch die Fäuste wie einen Hammer auf das Lenkrad fallen.

«Die verarschen uns doch alle», knurrte er, «angefangen von diesem Priester! Aber ich bringe sie alle hinter Gitter, und dann lasse ich sie Blut spucken!»

Pugliese ließ mit einigen Schwierigkeiten den Motor an – sie hatten zwar ein schönes Auto zum Repräsentieren, aber natürlich war es kein neuer Wagen mehr.

«Denken Sie mal nach, Kommissar», sagte er und fuhr los, «mit dem Lärm, den Sie veranstaltet haben, wird Ihnen morgen der Fall weggenommen, und Sie werden in die Paßabteilung gesteckt.»

«Schön wär's!»

Pugliese schüttelte den Kopf. «Ich glaube nicht, daß Sie so denken, ich lerne Sie allmählich besser kennen. Sie sind jemand, der etwas auch zu Ende bringen muß, wenn er es angefangen hat, und der sich ärgert, wenn nicht alles aufgeht, vor allem, wenn man versucht, etwas vor Ihnen zu verbergen. Was sagen Sie zu der kleinen Sonia?»

De Luca rutschte auf dem Sitz umher, denn die Erinnerung wühlte ihn auf, obwohl er es nicht wollte und an anderes zu denken hatte. «Bestimmt das, was Sie auch sagen. Trüber Blick, langsame Reflexe, blaß und dieses Timbre in der Stimme … Morphium?»

«Bestimmt. Ich hätte gerne ihre Arme gesehen …»

«Und dann ist da noch die Geschichte mit dem Freitag ... Warum behauptet dieser Priester, daß sie Rehinard schon seit einem Monat nicht mehr gesehen hätten, wenn er doch am Freitag bei ihnen zu Hause war? Und warum sagt mir Sonia, daß sie nie vor Mittag aufsteht, wenn sie doch heute früh bei Rehinard war, denn sie muß die Blondine sein, die die Portiersfrau gesehen hat ... Und wer ist diese Valeria? Sie haben recht, Pugliese, irgend etwas ist an diesem Fall faul, aber er interessiert mich.»

«Das freut mich. Und was machen wir jetzt?»

«Wir gehen in die Via Battisti zurück. Ich will mit der Alten sprechen, bevor wir weitermachen.»

Der Lastwagen der Republikanischen Garde stand noch immer auf dem Bürgersteig. Ein Unterführer saß rauchend auf dem Trittbrett und hatte die Hände auf die um die Schulter gehängte Maschinenpistole gelegt. Albertini und Marcon unterhielten sich nicht weit davon entfernt, und als sie das Auto kommen sahen, traten sie schnell heran. Marcon öffnete die Tür von De Luca und hielt sie am Griff fest, Albertini hingegen wandte sich an Pugliese.

«Sie suchen immer noch nach der Waffe», sagte er, «sie ist nirgends zu finden. Wir haben die ganze Wohnung durchwühlt, und es sind ein Haufen Sachen aufgetaucht, eine Agenda voller Adressen von wichtigen Leuten, Fotografien von diesem Rehinard in allen Altersstufen ...» Man merkte ihm an, daß er im Begriff war, etwas Wichtiges zu sagen, ein angedeutetes Lächeln zitterte in seinem Mundwinkel.

«Na komm schon, Albertini», ermunterte ihn Pugliese, «was willst du uns sagen?»

Albertini lächelte nun übers ganze Gesicht. Er steckte eine Hand in die Manteltasche und zog ein Päckchen aus Zeitungspapier heraus, das auf einer Seite geöffnet war.

«Sehen Sie sich das an, Polizeimeister. Das war unter dem Bett an ein Bein gebunden, und ich habe es zufällig gefunden, bei all dem Durcheinander, das die von der Republikanischen Garde machen ... von wegen uns helfen! Das ist Morphium.»

«Donnerwetter», staunte Pugliese, nahm das Päckchen und wog es abschätzend in seiner Hand, «und es ist sogar eine ganze Menge ... Was unser Rehinard so alles anstellt ...»

«Sehr interessant», sagte De Luca nachdenklich und lehnte sich ans Auto, «wirklich sehr interessant. Das ist noch etwas, was Rehinard und Sonia verbindet ... wo hat er es wohl her?»

«Ich habe hineingeschaut», fuhr Albertini fort, immer noch zu Pugliese gewandt. «Einige Päckchen sind unbeschriftet, aber ein paar tragen die Schriftzüge der englischen Armee, wie die, die mit dem Fallschirm abgeworfen werden.»

«Eigenartig», sagte Pugliese.

«Eigenartig», wiederholte De Luca, «aber trotzdem muß sie ihm jemand gegeben haben. Ich kann mir nicht vorstellen, daß jemand wie Rehinard auf einen Abwurf der Engländer wartet.»

«Das kann ich mir auch nicht vorstellen», sagte Albertini, der zwischen De Luca und Pugliese hindurchschaute. «Ich war im Parteibüro, um mich zu informieren. Es ist zwar kaum zu glauben, aber sie waren äußerst nett. Da war ein ziemlich redseliger Beamter, der mir alles erzählte. Die Karteikarte hat er mir jedoch nicht gezeigt.»

Albertini zog ein Notizbuch aus der Manteltasche und blätterte eine Seite auf.

«Rehinard Vittorio», las er vor, «geboren am 22. November 1920 in Trient, war in der Faschistischen Republikanischen Partei, in die er dank der direkten Unterstützung des Grafen Alberto Maria Tedesco am 15. Juli 1944 eingetreten war. Er hatte einen Auftrag: Er war Sekretär des Büros, das für die Beziehungen zur Kirche und im speziellen zur Diözese zuständig ist. Man hat ihn jedoch weder dort noch in der Partei je gesehen. Dem Typ gefielen die Frauen sehr, oder besser gesagt, er gefiel den Frauen. Sie liefen ihm hinterher, und nach den Worten des Beamten ließ er sich aushalten, da er jedesmal, wenn dieser ihn gesehen hatte, gut angezogen war und dicke Autos fuhr. Er besuchte regelmäßig den Spiritistenzirkel ...»

«Spiritisten?» De Luca fiel die Visitenkarte wieder ein, die er in der Brieftasche Rehinards gefunden hatte. *Sibilla.*

Albertini nickte, während er in seinem Notizbuch nachschaute.

«Sie nennen es so. Es ist eine Gruppe von Leuten, die sich bei Tedesco trifft, der auf alles Mystische und Okkulte richtig versessen ist. Sie halten Sitzungen ab und solches Zeug ... aber es ist wichtig, weil sich dort, wie mir der Typ gesagt hat, oft Leute treffen, die nicht zu Tedescos Clan gehören, wie zum Beispiel Signora Alfieri.»

«Alfieri?» De Luca runzelte die Stirn, «die Frau des Professors? Noch ein Regierungsmitglied ...»

«Genau», Albertini war so in Fahrt, daß er sich De Luca zuwandte, «und er gehört zu einer Abspaltung, die derjenigen Tedescos völlig entgegengesetzt ist.»

«Es heißt Strömung, lieber Albertini», korrigierte ihn Pugliese.

«Wie Sie wollen ... Jedenfalls gibt es sonst nichts über Rehinard, keine disziplinarische Maßnahme, keinen Verweis ...»

«Und vorher? Vor dem 15. Juli?»

«Vorher? Nichts, er war nicht in der Nationalen Faschistischen Partei, er war nirgends, auf keiner Seite. Offiziell begann das Leben Vittorio Rehinards vor einigen Monaten.»

De Luca seufzte und zog die Schultern hoch. Er nahm Pugliese das Päckchen Morphium ab und steckte es in die Tasche. «Ich habe nicht den Eindruck, daß uns all das besonders viel weiterhilft», sagte er wie zu sich selbst. «Ein Drogenhändler, der persönlicher Ränkeschmied des Grafen zu sein scheint ... und dann noch ein Regierungsmitglied wie der Professor, ein Freund von Farinacci ... ich sehe das Paßbüro immer deutlicher vor mir. Vom Portier weiß man nichts?»

Albertini schüttelte den Kopf. «Bisher nicht. Ingangaro kümmert sich darum», sagte er, «er hat da so eine eigene Idee.»

De Luca ging vom Auto aus auf das Haus zu. Das Päckchen Morphium in seiner Tasche wog so schwer, daß es ihm den Regenmantel ausbeulte und er es Marcon gab. Als er eintrat, stieg plötzlich eine so heftige Übelkeit in ihm hoch, daß seine Hand unwillkürlich an den Magen fuhr. Er dachte daran, daß er noch nichts gegessen hatte. Die Übelkeit wurde noch stärker, als er das enge Kabuff der Portiersloge sah und sich an den unerträglichen Geruch von Kohl und Muffigkeit erinnerte. Einen Augenblick lang wollte er umkehren, aber dann nahm er all seinen Mut zusammen und öffnete die Tür.

«Signora», begann er und zögerte das Einatmen hinaus, «ich würde gerne noch einige weitere Fragen stellen.» Aber der kleine Raum war leer.

«Signora Galimberti», wiederholte er und ging auf den Vorhang zu, der den Rest der Wohnung verbarg. Nun mußte er doch Luft holen und unterdrückte ein Stöhnen, während sein Magen rebellierte. Er schob den Vorhang zur Seite, und plötzlich war seine Übelkeit schlagartig vorbei. Signora Galimberti lag am Boden unter einem Stuhl, zusammengerollt wie ein trockenes Blatt. Ihr Schädel war eingeschlagen.

«Oh Gott», murmelte Pugliese hinter ihm. De Luca trat in das Zimmer, bückte sich und streckte die Hände zu ihr aus – zögerte jedoch, wußte nicht, was er anfassen sollte und stand wieder auf.

«Es ist sinnlos», sagte er, «sie ist tot, jemand hat ihr den Kopf zertrümmert. Kompliment, ihr habt sie euch vor euren Augen totschlagen lassen, bei versammelter Mordkommission und einer ganzen Abteilung der Republikanischen Garde.» Albertini antwortete nicht, er stand unbeweglich im Türrahmen, steif und grün im Gesicht.

«Wenn du kotzen mußt, geh raus», sagte ihm De Luca und

verließ ebenfalls das Zimmer. Dabei stieß er mit Marcon zusammen, der gerade reinkam. De Luca ging zur Treppe und setzte sich auf eine Stufe, die Ellbogen auf die Knie und das Kinn in die Hände gestützt. Er erinnerte sich wieder daran, daß er sich rasieren sollte.

«Der Mörder muß sie ebenfalls gesehen haben», sagte Pugliese, «es ist höchste Zeit, daß wir den Portier finden.»

«Richtig.»

De Luca schloß die Augenlider und die Müdigkeit einer ganzen Woche legte sich so schwer auf seine Augen, daß er meinte, er würde auf der Stelle einschlafen, trotz allem, trotz der zwei Morde im Verlaufe eines einzigen Tages, die beide auf seinen Schultern lasteten.

«Wir werden diese Idioten der Republikanischen Garde verhören müssen», sagte er, «aber ich hänge mich auf, wenn jemand irgend etwas bemerkt hat, bei dem Glück, das wir haben. Ich will den Portier haben. Und ich will das Dienstmädchen.»

Er atmete tief ein, um seine Kräfte zu sammeln, dann entriß er sich mit einem schmerzhaften Ruck den Stufen und stand wieder auf.

«Sie bleiben hier», wies er Pugliese an, «erledigen Sie, was zu tun ist. Ich gehe.»

«Sehr gut, Kommissar, schlafen Sie eine Weile.»

«Ich gehe nicht nach Hause», De Luca entfernte sich Richtung Tür. «Ich werde mir aus der Hand lesen lassen.»

Viertes Kapitel

Es sah nicht wie bei einer Hexe aus. Es hatte eher den Anschein einer Praxis, elegant, ein bißchen anonym, sehr sauber. Nur ein sepiafarbener Druck mit Sternzeichen verlieh dem Raum eine atmosphärische Note.

Steif saß De Luca allein auf einem Sofa und starrte mit verschränkten Armen auf eine bunte Glastür. Er hatte seine Visitenkarte einem kleinen, dunkelhäutigen Mädchen gegeben – auch sie sah sehr gewöhnlich aus – und wartete darauf, daß sie zurückkam. In diesem unbeweglichen Schweigen, das kaum durch den beginnenden Regen unterbrochen wurde, der jetzt an die quadratischen Fensterscheiben knapp über ihm trommelte, überkam ihn wieder die Müdigkeit und ließ ihn taumeln. Er bog den Kopf zurück, lehnte den Nacken an die weiße, etwas kalte Wand und stieß die ganze Luft aus seinen Lungen. Er fühlte sich schmutzig, staubig und zerknittert und hatte Lust auf ein Bad, um in der Badewanne einzuschlafen, sich im Wasser aufzulösen und durch den Abfluß wegzurutschen.

Statt dessen mußte er hier warten, versunken in einen leichten, prickelnden Nebel unter dem Ticken der aufs Glas fallenden Regentropfen, und all dies, um eine alte Zigeunerin zu treffen mit großen Ohrringen und trübem Blick. Mit geschlossenen Augen gähnte er schmerzhaft, und als er sie wieder öffnete, nahm er wie durch einen Schleier wahr, daß sich die Glastür öffnete und Sonia Tedesco heraustrat.

«Sieh mal einer an», sagte De Luca überrascht. Sonia hob das Kinn und blickte ihn an. Sie sah sehr hübsch aus mit ihrer schwarzen Baskenmütze, die sie quer auf den blonden Haaren trug, dem grauen, um die Schultern gelegten Cape und dem Kleid, das ihr bis unter die Knie reichte.

«Sind Sie hier, um mich zu verhaften?» fragte sie.

«Haben Sie denn etwas Verbotenes getan?» gab De Luca zurück. Sie kräuselte ihre roten Lippen zu einer Grimasse.

«Das haben Sie schon mal gefragt, Sie langweilen mich …»

Mit wogenden Schritten kam sie näher. De Lucas Blut floß schneller. Sonia hob ein Bein und legte ihr Knie auf seine, dann beugte sie sich vor, streichelte ihm mit ihrer kleinen kalten Hand über das Gesicht und sah ihn unter halbgeschlossenen Augenlidern an, gleichgültig, mit rotem, leicht geöffnetem und unbeweglichem Mund.

«Ich tue immer Verbotenes», sagte sie, schob das Knie nach vorne und berührte ihn erneut, wobei er wieder, ohne daß er es wollte, zusammenzuckte. Sie lächelte mit leicht verzogenen Lippen und zog sich von ihm zurück.

«Ciao, Polizist», verabschiedete sie sich, aber nach ein paar wogenden Schritten auf ihren hohen Absätzen blieb sie stehen. «Am Morgen», sagte sie, während sie ihr Cape umwarf, «habe ich diese Hexe, Littorios Mutter, gesehen, als ich das Haus verließ.»

«Wie bitte?» De Luca erhob sich vom Sofa. «Was hast du gerade gesagt?» Aber sie war bereits hinausgegangen. Er wollte ihr gerade auf der Treppe hinterherlaufen, als ihn das dunkelhäutige Mädchen von der Glastür aus rief.

«Die Signora kann Sie jetzt empfangen. Wenn Sie mir bitte folgen wollen …»

Die Hexe trug keine Ohrringe und hatte auch keinen trüben Blick. Sie war nicht einmal alt. Sie trug einen schwarzen Rollkragenpullover und hatte ein eigenartiges, spezielles Gesicht, hohe Wangenknochen und leicht schräge Augen von undefinierbarer Farbe, grüne, vielleicht braune, mehr war nicht zu sagen. Die roten Haare fielen ihr in langen Locken in die Stirn. Schwer zu sagen, ob sie schön war. De Luca stellte sich diese Frage, während er in das Zimmer trat, das wie das Wartezimmer ein anonymer, eleganter Salon war. Aufmerksam sah sie ihn an, die Ellbogen auf die Tischplatte und das Kinn in die übereinandergelegten Hände gestützt.

«Ich habe etwas ... Mysteriöseres erwartet», sagte De Luca, «ausgestopfte Uhus, schwarze Tücher ...»

«Das ist meine Wohnung», sagte sie, «ich arbeite nie hier. Ich gehe zu den Leuten, die mich sehen wollen.» Sie hatte eine weiche, etwas tiefe Stimme, die sich ab und zu in einem leichten Akzent hob, der ihre Vokale heller klingen ließ. Es schien venezianisch zu sein, vielleicht auch friaulisch. «Sind Sie Kommandant De Luca?»

«Kommissar, ich bin jetzt Kommissar. Das ist eine alte Visitenkarte. Sind Sie ... Sibilla?»

«Valeria Suvich, das ist mein richtiger Name. Was wollen Sie von mir?»

Valeria ... De Luca lächelte. «Das sollten Sie doch wissen, sind Sie nicht Hellseherin?»

Aber Valeria lächelte nicht. Sie deutete auf einen Stuhl am anderen Ende des kleinen quadratischen Tisches, strich sich die Haare aus der Stirn und fixierte ihn, während er sich setzte. Sie machte ihn verlegen. «Ich habe Ihnen doch gesagt, daß ich nie zu Hause arbeite», sagte sie, «nur außerhalb.»

«Und was machen Sie?»

«Ich sage die Zukunft voraus. Ich lese sie in den Händen, in den Sternen, in den Karten, im Kaffeesatz ...»

«Und was sehen Sie?»

«Alles, was die Leute wollen.»

«Dann sind Sie eine Betrügerin?»

«Nein. Wollen Sie etwas trinken?»

De Luca nickte. Das brünette Mädchen war eilig und ohne zu grüßen gegangen, da in einigen Minuten die Ausgangssperre begann. Sie hatte eine Flasche und zwei Gläsern auf einen kleinen runden Tisch gestellt, den Valeria, nachdem sie sich auf dem

Stuhl umgedreht hatte, unter gefährlichem Klirren näherzog. Sie goß etwas, das wie Portwein aussah, in ein Glas ein und reichte es De Luca, dann schenkte sie sich selbst ein. De Luca nahm einen Schluck und biß die Zähne zusammen, da sein Magen sofort wieder zu brennen begann.

Instinktiv blickte er auf Valeria, die gerade einen Schluck trank, und die Spur des Lippenstiftes, die sie am Rand ihres Glases hinterließ. Er war sehr hell, zu hell.

«Was wollen Sie über Vittorio wissen?» fragte Valeria nach einem Augenblick des Schweigens.

«Sehen Sie, daß Sie doch Hellseherin sind?» sagte De Luca, erntete aber wieder kein Lächeln. «Alles, was Sie wissen. Kannten Sie ihn gut?»

«Ich sah ihn jeden Freitag bei Tedesco. Beim Spiritistenzirkel. Wir haben Karten gelegt, spiritistische Sitzungen abgehalten ... Vittorio war skeptisch, machte immer Witze, und der Graf regte sich darüber auf. Ich war natürlich das Medium ...»

«Wer kam an diesen Freitagen?» De Luca trank seinen Portwein aus, und Valeria beugte sich über den Tisch, um ihm nachzuschenken.

«Viele. Manche kamen und gingen, andere waren immer dabei, wie der Graf und seine Tochter Sonia. Und dann war noch Vittorio da.»

« Und Signora Alfieri?»

«Auch Silvia, ja. Machmal kam ihr Mann, aber dann war der Graf nicht da. Vittorio kam aber immer, und oft unterhielten sie sich lange, vorher oder nachher.»

«Nahmen Sie Drogen? Sie können es mir ruhig sagen, wenn Sie wollen, gewisse Dinge gehen mich nichts an ...»

«Nein. Das sind zu kostspielige Tricks; ich beschränke mich darauf, in den Augen der Leute zu lesen. Nur Sonia trank viel, sie war immer betrunken.»

Gedankenverloren hob De Luca das Glas und leerte es in

einem Zug. Eine warme Welle stieg ihm zu Kopf und ließ ihn erröten, während der Alkohol seine Zunge löste. Die ersten Worte kamen etwas benommen aus seinem Mund, aber er konnte sie doch kontrollieren.

«Hatte Signor Rehinard, soviel Sie wissen, eine Beziehung zu einer Frau?»

Valeria lächelte, aber es war ein eigenartiges Lächeln, das nur ihre Unterlippe bewegte. Es ähnelte eher einer bösen Grimasse als einem richtigen Lächeln.

«Er hatte mit allen Frauen Affären. Es gibt keine Frau aus guter Familie, mit der er nicht zusammen gewesen ist. Er war sehr schön und faszinierend und auf eine reizende Art eitel … er gefiel allen Frauen.»

«Ihnen nicht?»

Valerias Lächeln verschwand sofort wieder, und ihre Lippen schlossen sich.

«Vielleicht. Wer weiß. Aber ich glaube nicht, daß Sie das interessiert.»

Sie wollte De Luca wieder Portwein einschenken, aber er hinderte sie daran, indem er die Flasche mit zwei Fingern anhob.

«Was ist das, ein Zaubertrank?» fragte er, «oder versuchen Sie, mich betrunken zu machen? Sie haben es fast geschafft, dabei habe ich Ihnen noch viele Fragen zu stellen …»

«Warum interessieren Sie sich so sehr für diese Geschichte?»

«Es ist nicht so, daß sie mich interessiert, es ist mein Beruf. Ich bin Polizist. Ich wäre gern Hellseher wie Sie, der in die Zukunft schauen kann und weiß, was passiert …»

«Ich kann in den Augen lesen, habe ich Ihnen gesagt.»

«Ah ja? Und was lesen Sie in meinen?»

Valeria stützte wieder ihr Kinn in die Hände und sah ihm mit einem dermaßen intensiven Blick in die Augen, daß er verwirrt seinen Blick senkte. Endlich lächelte sie, dieses Mal wirklich.

«Angst», sagte sie.

«Angst?» De Luca unterdrückte ein Schauern. «Und wovor? Lassen wir diese Dummheiten … erzählen Sie mir lieber, was die kleine Gräfin Tedesco wollte. Wenn ich Sie das fragen darf, natürlich.»

«Dürfen Sie nicht, aber ich werde es Ihnen trotzdem sagen. Ich bin für sie wie eine Tante, sie erzählt mir von all ihren Angelegenheiten und Problemen. Sie hat Schwierigkeiten mit ihrem Verlobten, Alberto De Stefani.»

De Luca schnaubte verärgert. «Der Sohn des Unterstaatssekretärs vom Innenministerium, wie könnte es auch anders sein. Was für eine komplizierte Geschichte. Ich weiß nicht mehr, in welche Richtung ich mich bewegen soll.»

Valeria lächelte wieder und zog eine Augenbraue zu einem derart ironischen Blick hoch, daß De Luca sich auf den Arm genommen fühlte. Er überlegte kurz und entschied sich dafür, daß sie schön war. Eigenartig, daß man über so etwas nachdenken mußte. Er sah ihr in die Augen, die von diesem sonderbaren Lächeln leuchteten und eine magnetische rote Farbe annahmen, wie das Rot ihrer Haare, wenn sie sich im gedämpften Licht der kleinen Lampe bewegte.

«Versuchen Sie gerade mich zu hypnotisieren?» fragte De Luca, als ihn plötzlich ein herzzerreißender und angsterfüllter Schrei auffahren ließ und ihn derart lähmte, daß er einige Sekunden mit offenem Mund und weit aufgerissenen Augen dasaß, bis er das kontinuierliche und künstliche Kreischen einer Sirene von der Straße draußen erkannte. Valeria hatte ihren faszinierenden Ausdruck vollkommen verloren, war aufgesprungen und hatte dabei ein Glas umgestoßen.

«Mein Gott!» flüsterte sie. «Alarm! Ein Bombenangriff!»

Sie schien so erschrocken, daß De Luca eine Hand ausstreckte und sie beim Arm nahm.

«Beruhigen Sie sich», sagte er, «gehen wir in den Luftschutzraum. Wo ist er? Im Keller?»

Valeria antwortete nicht. Die weitgeöffneten Augen aufs Fenster gerichtet und mit zitternden Lippen stand sie vor Schreck vollkommen gelähmt da. Ein dumpfes Brummen ließ erst die Luft draußen, weit weg, vibrieren, dann die Fensterscheiben und die Wände. Es wurde immer stärker und kam immer näher, wurde zu einem kontinuierlichen Dröhnen, dicht, dumpf und schwer. Als Valeria das Gesicht in ihren Händen vergrub, nahm er sie in die Arme, drückte sie fest an sich und strich ihr mit der Hand über die Haare, den Nacken, ließ ihr Stöhnen an seiner Schulter ersticken. Der Lärm wurde intensiver, war jetzt ganz nah; alles bebte, Fensterscheiben, Balken, Nippes. Valeria klammerte sich an ihn, ihre Fingernägel gruben sich durch den Regenmantel in seinen Rücken. Sie hörten ein paar vereinzelte Schüsse der Fliegerabwehr, nur ein paar, die neben jenem anschwellenden Donner so lächerlich wie ein Schluckauf klangen. Dann schwoll der Lärm langsam wieder ab, so wie er gekommen war, wurde immer schwächer, ein entferntes Summen, immer weiter weg. Dann nichts mehr. Auch Valeria, die das Gesicht immer noch an De Lucas Schulter preßte, hörte langsam auf zu zittern, gewärmt von seinem keuchenden Atem.

«Sie sind vorbeigeflogen», sagte er leise. «Sie flogen woanders hin, vielleicht nach Deutschland.» Valeria rührte sich nicht.

«Entschuldigen Sie», murmelte sie.

«Sehen Sie», sagte De Luca, «auch Sie haben Angst. Wie ich.»

Valeria hob das Kinn und sah ihn mit trockenen, rötlich schimmernden Augen an, das Gesicht ganz nah an seinem, die noch leicht zitternden Lippen halbgeöffnet. Sie neigte ein wenig den Kopf, schloß die Augen und küßte ihn. Erst berührte sie seinen Mund nur leicht mit ihren warmen Lippen, dann preßte sie ihre Lippen fast mit Gewalt auf seine, streichelte sein Gesicht, seine Schläfen und seinen Nacken mit ihren langen, weichen Händen, während er sie an sich drückte. Sie schob ihn zurück, ohne ihn loszulassen, und er fand sich auf dem Sofa wieder; sie lag über ihm, küßte und streichelte ihn, dem sein Regenmantel im Weg war. Valeria richtete sich auf, sah De Luca mit ihren eigenartigen, schrägen Augen an, kreuzte die Arme hinter dem Rücken und zog den Pullover aus – schön war sie, mit entblößter Brust, schön waren die weißen Schultern und der Hals, die roten Locken, die ihr in die Stirn fielen. Sie beugte sich vor, drückte sich an ihn, und er fühlte ihre brennende Haut. Er sog ihren starken und süßen Duft ein und verlor sich darin, vollkommen hypnotisiert, gefesselt und aufgelöst in einem heißen Strudel, der alles verbrannte, Angst und Müdigkeit, Beklemmung und Schmerz, immer intensiver, immer schneller, bis zum Schluß.

Er erwachte plötzlich und wußte nicht, wo er war, so wie es ihm als Kind geschehen war, wenn ihm schien, völlig verkehrt im Bett zu liegen und er, verloren in der Dunkelheit der Nacht, nicht mehr wußte, wo die kleine Kommode mit der Lampe stand. Er lag aber immer noch bäuchlings auf dem Sofa ausgestreckt. Valeria saß neben ihm, auf einen Ellbogen gestützt, den Kopf gegen die Hand gelehnt, und sah auf ihn herab. Sie trug einen Morgenrock, den eine Sicherheitsnadel vorne zusammenhielt, die Haare hatte sie im Nacken hochgebunden. Sie war schön. De Luca schloß die Augen.

«Wie sonderbar», sagte er.

«Was gibt's da Sonderbares? Wir sind beide erwachsen.»

«Das meinte ich nicht, ich wollte ... naja, ich weiß nicht, was ich sagen wollte.» Er drehte sich auf den Rücken und rückte auf dem Sofa nach hinten, bis er seinen Kopf auf ihre Beine legen konnte. Er fühlte wieder ihre Wärme und roch jenen süßen Duft.

«Ich muß eingeschlafen sein», sagte er. Lächelnd nickte sie.

«Du hast geschlafen wie ein Stein, wie einer, der seit Jahren nicht mehr geschlafen hat. Ich bin sogar ein paarmal aufgestanden, aber du hast mich nicht gehört. Aber du warst unruhig, du hast im Schlaf gesprochen.»

«Ach ja? Was habe ich denn gesagt?»

«Etwas, das mit *rot* aufhörte.»

«*Rot?* Eigenartig … Vielleicht habe ich von der Arbeit geträumt.»

Valeria strich ihm die zerzausten Haare aus der Stirn. Sie beugte sich vor und küßte ihn schnell auf die Lippen.

«Ich weiß, was du für ein Mensch bist», sagte sie.

«Ach ja? Was bin ich denn für einer?»

«Du bist einer, der sich versteckt.»

«Der sich versteckt?»

«Du bist ein Mensch, der immer an seine Arbeit denkt und sogar nachts davon träumt, einer, der immer beschäftigt ist, der immer läuft, ohne je anzuhalten.»

«Und das heißt, sich verstecken?»

«Natürlich. In diesem Durcheinander wissen wenige, wer sie wirklich sind und was sie tun. Deswegen hältst du so sehr an deiner Rolle fest, du, der du eine hast – wo du nur kannst, mußt du dir sagen, ich bin ein Polizist, ich bin ein Polizist. Auf diese Weise mußt du nicht an die immer näher rückende Front denken oder an die Lebensmittelkarten. Das mache ich auch.»

«Interessant. Und weiter?»

«Du bist einsam, aber das macht dir nichts aus, solange dich deine Arbeit vom Denken abhält. Und auch hierin ähneln wir uns ein bißchen.»

«Also gut. Und wie hast du all das herausgefunden?»

«Ich kann in den Augen lesen. Ich habe es in deinen Augen gelesen, und ich weiß, daß du Angst hast.»

«Das hast du mir schon gesagt. Wovor soll ich Angst haben?»

«Daß sie dich umbringen.»

De Luca lächelte, aber es war ein Lächeln, das ihm erst kurz auf den Lippen bebte, bevor es sich über das ganze Gesicht ausbreitete. Valeria bemerkte es.

Sie küßte ihn noch einmal, dann hob sie seinen Kopf und stand auf.

«Ich gehe Kaffee machen, richtigen Kaffee», sagte sie.

De Luca faltete die Hände im Nacken und schloß die Augen. Er war fast wieder eingeschlafen, als sie zurückkehrte, aber der Duft des Kaffees weckte ihn sofort. Er richtete sich auf und nahm die Tasse, die sie ihm reichte, während sie noch den Kaffee umrührte. Er trank einen Schluck und verbrannte sich dabei die Lippen.

«Der Zucker fehlt», sagte er und verzog dabei das Gesicht. Valeria setzte sich neben ihn und schlug die Beine übereinander, wobei der Saum ihres Morgenmantels seitlich hinunterrutschte und ein rundes Knie entblößte.

«Der ist alle», entgegnete sie, «den Löffel habe ich nur zur Zierde in die Tasse gestellt.»

De Luca lächelte, streichelte ihr Gesicht und fuhr ihr mit den Fingern durch die Haare. Sie beugte den Kopf seitlich gegen seine Hand und drückte sie gegen ihre Schulter. Sie verharrte in dieser Stellung und blickte ihn schräg an.

«Du bist wirklich eine Hexe», sagte er.

«Mehr als du denkst», erwiderte sie, und De Luca wollte sich gerade zu ihr neigen, zu ihren Lippen, als ihm plötzlich ein Gedanke durch den Kopf schoß und ihn zusammenfahren ließ. Ungewollt brüsk zog er seine Hand zurück.

«Die Kragenspiegel», sagte er, «Großer Gott, die Kragenspiegel sind *rot!*»

Mit einem Schluck trank er seinen Kaffee aus, stand auf und zog sich an, während Valeria ihm überrascht zuschaute.

«Vielleicht hast du recht», sagte er, bevor er ging, und küßte sie auf das nackte Knie, «ich träume tatsächlich von der Arbeit, wenn ich schlafe.»

Fünftes Kapitel

Er war so früh in der Quästur, daß die Manifeste, die jemand heimlich an der gegenüberliegenden Mauer angebracht hatte, von den Patrouillen der Republikanischen Garde noch nicht entdeckt und entfernt worden waren. Für eine Weile waren er und die Wachposten die einzigen im Gebäude. In der leeren, staubigen Stille der staatlichen Büros fühlte sich De Luca derart unwohl, daß er irgend etwas tun mußte. So las er den ärztlichen Untersuchungsbericht, der auf dem Tisch lag. Er überflog die fachlichen Details und hielt bei der Hypothese inne, daß der Täter eine *nicht besonders große, aber kräftige Person gewesen sein müsse, die leicht nach links versetzt vor dem Opfer gestanden habe.* Bis jetzt waren alle Personen, die er kennengelernt hatte, *nicht besonders groß.* Sonia Tedesco zum Beispiel. Eine undurchsichtige Geschichte mit Sex und Drogen ... sie war zu Rehinard gegangen, das war unterdessen klar, hatte ein bißchen getrunken und dann, zack-zack, ein paar Messerstiche. Oder die Dunkelhaarige mit der Brille, wer weiß, vielleicht eine eifersüchtige Geliebte, die die Tedesco aus dem Haus hatte kommen sehen, ein Streit und ... Oder ... De Luca schüttelte den Kopf, es gab zu viele Lücken, zu wenig Fakten, um an eine Lösung denken zu können. Das Dienstmädchen fehlte immer noch. Sie mußte einiges wissen, auch wenn sie die letzten drei Tage nicht mehr dort gearbeitet hatte. Dann fehlte der Portier, der bestimmt etwas wußte, wenn sie ihn nicht auch schon umgebracht hatten wie seine Frau. Und es fehlte der verdammte Brieföffner. Und der SS-Mann. Heiliger Himmel. De Luca rutschte auf dem Stuhl hin und her, so daß das Holz ungeduldig knarrte, und sah auf die Uhr. Draußen auf dem Gang hallten Schritte, und ab und zu knallte eine Tür. Es kam Leben in die Quästur.

Der erste, der eintraf, war Pugliese. Er trug einen hellen, sommerlichen Anzug mit einer Blume im Knopfloch und ein Paar ziemlich elegante, zweifarbige Schuhe. Doch mit seinem Hut und vor allem mit seinem feingeschnittenen, spitzen Gesicht sah er trotzdem wie ein Polizist aus. Eine Zeitung unter den Arm geklemmt, begrüßte er De Luca begeistert.

«Oh, Kommissar! Sie sind ja ein Frühaufsteher ... Haben Sie schon die Zeitung gelesen? Wir sind berühmt geworden ... Sie haben es geschafft, die Sozialisierung auf die zweite Seite zu verbannen.»

Er schlug die Zeitung auf und hielt sie De Luca auseinandergefaltet hin, der sie sofort packte. Auf der Titelseite stand eine übertrieben große Schlagzeile über drei Spalten hinweg, «Das Geheimnis der Via Battisti», darunter ein Artikel voller blutiger Details. In einem Portrait wurde Vittorio Rehinard als «intriganter Freimaurer, ein Degenerierter, der sich dem Laster und okkulten Praktiken hingegeben hat», beschrieben. Vollkommen unverschleiert wurde auf den Grafen Tedesco angespielt und vor allem auf seine Tochter, deren Beziehung zu Rehinard «von der wachsamen Polizei genauestens untersucht» würde. Es stand dort sogar zu lesen, daß der Fall Kommissar De Luca anvertraut worden sei, «dem brillantesten Detektiv der Republikanischen Quästur».

«Absurd!» knurrte De Luca, «hier hat jemand schwer übertrieben! All diese makabren Einzelheiten, Verdächtigungen herausragender Persönlichkeiten ... sie haben alle Richtlinien der Partei zur Wiedergabe von Tötungsdelikten mißachtet!»

Pugliese lächelte und kniff sich ins Kinn. «In der Tat, seit den Zeiten Girolimonis hat man keine solchen krimihaften Artikel mehr in der Zeitung lesen können … Das ist der Gnadenschuß für unseren Fall. Ich wette, daß er uns noch heute morgen weggenommen wird und die Zensur die Zeitung beschlagnahmt.»

Albertini trat in das Büro. Auch er hatte eine Zeitung unter den Arm geklemmt.

«Habt ihr das gelesen?» fragte er und wedelte damit. Als er die Zeitung auf dem Tisch bemerkte, schien er enttäuscht.

«Wir haben es gelesen», sagte Pugliese, «bald werden wir allesamt Filmstars.»

De Luca faltete die Zeitung zusammen und schob sie zur Seite. Diese ganze Propaganda ärgerte ihn und machte ihm gleichzeitig Angst.

«Denken wir über die ernsten Dinge nach», sagte er. «Von wegen brillanter Detektiv, ich bin ein richtiger Idiot. Und Sie auch, Pugliese.»

«Ich, Kommissar?»

«Die Kragenspiegel, Pugliese, die Kragenspiegel. Die Portiersfrau hat von den Kragenspiegeln eines SS-Manns gesprochen, die haben aber schwarze Kragenspiegel!»

Pugliese runzelte verständnislos die Stirn. «Ich weiß, Kommissar, ich habe viele gesehen.»

«Sogar zu viele», sagte Albertini.

«Allerdings!» De Luca schlug mit der Faust auf den Tisch. «Aber die Portiersfrau hat gesagt, daß er *rote* hatte! Rote, verstehst du?»

Pugliese schlug sich gegen die Stirn und gab sich dann sehr theatralisch eine schallende Ohrfeige. «Oh Gott, das stimmt! Ich erinnere mich auch … die roten Kragenspiegel! Die italienische SS hat rote Kragenspiegel!»

«Eben. Jetzt kann man ihn leicht finden, den Bastard, es gibt wenige italienische Offiziere in der SS und noch weniger hier in der Stadt … Albertini, das ist deine Aufgabe, geh zur Legion und erkundige dich danach. Das ist ein Befehl von De Luca, dem brillantesten Kommissar der italienischen Polizei.»

Albertini schien nicht gerade begeistert zu sein, er verzog das Gesicht und sah Pugliese an, der ihm zunickte. De Luca merkte vor lauter Aufregung nichts davon.

«Wir haben auch eine Neuigkeit für Sie, Kommissar», sagte Pugliese, während er den Mantel auszog und ihn sorgfältig am Türhaken aufhängte. «Ingangaro hat bei einem Rundgang durch alle Stockwerke des Hauses den Namen des Dienstmädchens herausgefunden. Sie heißt Assuntina Manna.»

«Oh, endlich! Und wo ist sie?»

Pugliese zog die Schultern hoch. «Aber Kommissar, man nennt diese Leute Evakuierte, weil sie eben kein Zuhause haben, und es ist schwierig, sie zu finden. Aber Ingangaro ist jetzt zum Fürsorgeamt und zum Arbeitsamt gegangen. Früher oder später findet er sie bestimmt.»

Jemand klopfte an die Tür, und sie drehten sich um. Auf der Schwelle erschien eine Wache mit der Mütze in den Händen.

«Herr Kommissar,» sagte der Mann, «der Quästor wünscht Sie sofort zu sprechen.»

De Luca breitete die Arme aus und schüttelte den Kopf. «Sehen Sie?» sagte er. «Fall adieu. Schade … dabei begann ich gerade, ihn liebzugewinnen.»

Das Lächeln des Quästors entblößte einen Goldzahn. Elegant gekleidet, in einem maßgeschneiderten Nadelstreifenanzug, erwartete er De Luca auf der Schwelle zu seinem Büro.

«Kommissar!» begrüßte er ihn herzlich, nahm ihn am Arm und begleitete ihn zu einem Stuhl vor seinem Schreibtisch. Vitali war ebenfalls im Büro. In Uniform saß er in einem Sessel und ließ wieder ein Bein über die Armlehne baumeln. Es schien, als habe er sich seit dem ersten Mal überhaupt nicht bewegt. Der Quästor begab sich hinter den Schreibtisch, setzte eine dicke Brille auf und begann die maschinengeschriebenen Berichte, die vor ihm über einer auseinandergefalteten Zeitung lagen, durchzublättern, während er «gut, gut ...» murmelte. Über diesen sonderbaren Empfang verblüfft, war De Luca stehen geblieben.

«Wie Sie gesehen haben», sagte Vitali, während er seine Mütze mit dem Adler auf einer Fingerspitze herumwirbelte, «verfügen Sie über die volle Unterstützung und Mitarbeit der gesamten nationalen Presse. Nur wer die faschistische Gerechtigkeit fürchtet und heimlich einen Verrat plant, kann versuchen, Sie zu behindern. Aber die Polizei hat die Pflicht, das entschlossenste ‹Ich pfeif' drauf› jedem ins Gesicht zu schreien» – und er schrie es wirklich – «der in irgendeiner Weise versucht, politischen Druck auf die Gerechtigkeit auszuüben! Habe ich recht, Quästor?»

«Sehr recht», pflichtete der Quästor ihm bei. «Aber setzen Sie sich doch, De Luca, und klären Sie uns über die Situation auf. Ihre Berichte gehen eindeutig in eine Richtung, scheint mir ...»

«Es gibt mehr als nur eine», erwiderte De Luca und begann zu erzählen, was ihm kurz vorher in seinem Büro durch den Kopf gegangen war. Aber als er bei Sonia Tedesco angekommen war, unterbrach ihn der Quästor, und deutete mit der Brille auf ihn.

«Genau!» sagte er, «das ist die richtige Spur. Die kleine Gräfin Tedesco ist eine Art Verrückte, eine junge, gewissenlose Person, die in der ganzen Stadt von Bett zu Bett hüpft und die ihren Vater mehr als einmal in Verlegenheit gebracht hat.»

«Der aber sicher nicht allein ihretwegen als Trottel dasteht», ergänzte Vitali, und der Quästor lachte.

«Scheint es Ihnen nicht auch offensichtlich, daß genau sie die Person ist, die wir suchen?»

De Luca nickte nachdenklich, während er nach geeigneten Worten suchte, die am besten ausdrücken konnten, was er meinte. Eine leichte Unruhe, die an Angst grenzte, ließ ihn unbehaglich auf dem Stuhl hin und her rutschen.

«Sicher führen verschiedene Indizien zu ihr ...», sagte er, «aber gleichzeitig gilt es, andere Fakten zu berücksichtigen. All das Morphium, das wir in Rehinards Haus gefunden haben. Woher hat er es? Wem gab er es? Doch wohl nicht alles Sonia Tedesco ... Auch seine Beziehungen zum Spiritistenzirkel sind noch sehr unklar ...»

«Degenerierte, Kanaillen und Freimaurer», sagte Vitali. Der Quästor nickte ernst.

«Es waren viele Leute im Zirkel», fuhr De Luca fort, «zum Beispiel Signora Alfieri ...»

Der Quästor ließ die Brille fallen, und Vitali sprang auf. «Silvia Alfieri?» fragten sie gleichzeitig, dann riß Vitali mit einer Geste das Wort an sich.

«Das schließe ich kategorisch aus! Auf keinen Fall!» sagte er. «Professor Alfieri ist ein berühmter Mann, seit jeher Faschist und Regierungsmitglied ... und dann erst Silvia! Eine Frau, die dem Vaterland einen Sohn geschenkt hat, der an der russischen Front gefallen ist und einen weiteren, der in der SS dient!»

De Luca fuhr auf, so daß der Stuhl knarrte. «Was sagen Sie da?» fragte er. Vitali lächelte, zufrieden über die Wirkung seiner Worte.

«Der junge Littorio», erläuterte er, «ist das Beispiel dafür, wie die Familie Alfieri für die Ideale der Italienischen Sozialen Republik kämpft! Hören Sie auf, De Luca, das hier ist – wie sagt ihr Detektive noch? – eine falsche Spur. Bleiben Sie lieber Tedesco auf den Fersen ... wissen Sie, daß er gestern nachmittag hier angerufen und von uns verlangt hat, Ihnen den Fall wegzunehmen? Ich bin kein Polizist, aber gewiße Dinge rieche ich», er faßte sich an die Nase und schnüffelte in der Luft herum, «ich rieche sie! Es riecht nach wahnsinniger Eifersucht, Orgien, Freimaurerriten ... das ist die richtige Spur!»

«Die richtige Spur!» wiederholte der Quästor.

De Luca starrte sie an und bekam eine Gänsehaut. Langsam nickte er.

«In Ordnung», sagte er, «in Ordnung.»

Pugliese steckte gerade alle Kopien der Berichte in einen blauen Umschlag. Ingangaro half ihm dabei. Auch eine Zeitung legte er dazu.

«Hier», sagte er, als De Luca ins Büro trat, «wenn Sie mir sagen, wem ich das geben soll ...»

«Wir geben nichts raus», sagte De Luca, «im Gegenteil!» Nachdenklich sah er Ingangaro an. «Tu mir einen Gefallen, ich habe noch nicht gefrühstückt ... hol mir einen Cappuccino und irgendwas zu essen ...» Er gab ihm Geld und schob ihn hinaus. Dann wandte er sich Pugliese zu, der ihn ernst beobachtete und dabei die Lippen zu einem besorgten Ausdruck nach vorne geschoben hatte.

«Was ist passiert, Kommissar?» fragte er.

«Wir stecken in der Scheiße», antwortete De Luca. Er setzte sich an den Schreibtisch, ließ sich gegen die Lehne fallen, schloß die Augen und schlug die Hände vor das Gesicht. «Sie benutzen uns. Wir werden aufgerieben in einem politischen Kampf zwischen der Clique des Professors und derjenigen Tedescos. Vitali benutzt uns als persönliche Waffe, um Tedesco in den Dreck zu ziehen ... das Verbrechen ist ihnen scheißegal.»

Pugliese pfiff leise. «Mist!» murmelte er, «solche Geschichten haben mir noch nie gefallen. Genau deshalb habe ich mich geweigert, in den Geheimdienst Mussolinis einzutreten, weil ich gewisse Unannehmlichkeiten vermeiden wollte.»

«Mir gefallen sie auch nicht.» De Luca öffnete die Augen. «Bei dieser Geschichte sind wir wie Soldaten im Krieg, Pugliese, und Sie wissen doch, was mit Soldaten geschieht, die nicht aufpassen? Sie werden getötet.»

Pugliese senkte den Kopf und fuhr sich mit einer Hand über die von Brillantine glänzenden Haare. Bei dieser langsamen und befangenen Geste sah er wirklich wie ein Rabe aus.

«Wir setzen ein paar Leute auf Tedesco an», sagte er entschlossen und in einem Ton, der mehr nach einem Befehl als nach einem Ratschlag klang. «Wir lassen Signorina Sonia beschatten, von irgendwelchen Männern, was weiß ich, die dann Bericht erstatten. Wollten Sie nicht noch den Grafen verhören? Zitieren Sie ihn her, möglichst in Begleitung einiger Wachen, wir machen es so, wie sie es wünschen. Ausgerechnet jetzt, wo Ingangaro den Portier gefunden hat ...»

De Luca hob ruckartig den Kopf.

«Galimberti? Und wo ist er?»

«Nah und doch weit weg, Kommissar. Er hält sich in dieser Straße auf, Haus Nummer 21.»

«Ja und? Was ist dort?»

«Da sitzt die Gestapo, Kommissar. Er wurde gestern festgenommen.»

De Luca biß sich auf die Lippen und rieb sich das Kinn. Seufzend dachte er an die Gestapo, an den Quästor, an den Verbandsführer ... *auf Tedesco beharren, auf Tedesco beharren.*

«Gehen wir», sagte er und stand auf. «Setzen Sie jemanden auf den Grafen an. Wir verfolgen unterdessen unsere eigene Spur.»

Bei der Gestapo ließ man sie im Gang auf einer äußerst unbequemen Holzbank warten. Aus einem anliegenden Büro drang schnell wie ein Maschinengewehr das ununterbrochene Klappern einer Schreibmaschine. Überhaupt herrschte mit all den Soldaten, die ein und aus gingen, eine große Geschäftigkeit im ganzen Gebäude. Pugliese schien nervös. Steif saß er da, den Hut in der Hand, ab und zu fuhr er sich mit den Fingern in den Kragen unter den Knoten der schwarzen Polizistenkrawatte. Nach ungefähr zehn Minuten hörte das Klappern plötzlich auf. Die Tür des Büros ging auf, und ein Gefreiter bedeutete ihnen einzutreten. Er schloß die Tür hinter ihnen, setzte sich wieder an die Schreibmaschine und faltete die Hände über der Tastatur zusammen. Ein Oberleutnant in schwarzer Uniform mit Armbinde und silbernen Kragenspiegeln lehnte am Tisch mit einer Visitenkarte von De Luca in der Hand. Er betrachtete sie einen Augenblick lang mit seinen blauen Augen, bevor er zu sprechen anfing.

«Darf ich bitte Ihren Ausweis sehen?» fragte er mit jenem deutschen Akzent, den man von den amerikanischen Vorkriegsfilmen her kannte. De Luca reichte ihm seinen Ausweis. Ein weiterer Moment des Schweigens.

«Sie sind also der berühmte Kommissar De Luca», sagte der Oberleutnant. «Ich heiße Dietrich. Freut mich, Sie kennenzulernen.» Wieder derselbe Akzent wie in den Filmen.

«Gleichfalls, sehr erfreut», erwiderte De Luca. Er zögerte mit seiner Frage, in Verlegenheit gebracht durch jenen kalten, wäßrigblauen Blick, mit dem ihn der andere schweigend anstarrte. Auch der Gefreite sah ihn so an, regungslos.

«Ja?» sagte der Oberleutnant, und De Luca zuckte zusammen.

«Uns ist zu Ohren gekommen, daß Sie gestern einen Mann verhaftet haben», begann er entschlossen. Mit den Deutschen mußte man sich sehr entschlossen geben, das wußte er. «Erst gestern. Oreste Galimberti. Dieser Mann ist sehr wichtig für eine Untersuchung der Republikanischen Quästur, und wir möchten ihn verhören. Nur einige Fragen stellen.» Er hatte ihn eigentlich um dessen Auslieferung bitten wollen, aber dann war er doch zu der Überzeugung gelangt, daß dies aussichtslos gewesen wäre.

«Eine Untersuchung der Quästur?» fragte der Oberleutnant.

«Ja. Ein Mordfall.»

«Aber Sie haben doch einen Ausweis der Brigade Ettore Muti, der Sondereinheit der Politischen Polizei, *nicht wahr?*» Die letzten Worte sagte er auf deutsch.

De Luca holte tief Luft. «Das stimmt, ja, aber ich bin jetzt bei der Quästur. Wenn Sie eine Genehmigung brauchen oder wenn Sie möchten, daß ich den Quästor anrufe, mache ich das sofort.» Er bluffte, ließ es Dietrich jedoch nicht merken. Der sah ihn weiterhin schweigend an. Er lehnte mit dem Hintern am Tisch, die langen Beine steckten in schwarzen Stiefeln. De Luca spürte, wie er langsam die Geduld verlor, ein gefährliches Gefühl, das ihn kalt erschauern ließ. Auch Pugliese neben ihm bewegte sich unmerklich und berührte ihn dabei leicht am Arm.

«Das ist nicht nötig», sagte der Oberleutnant plötzlich. «Ich freue mich, Ihnen helfen zu dürfen. Vor dem Krieg war ich auch bei der *Kriminalpolizei.*» Wieder flocht er ein deutsches Wort ein. Er sagte etwas zum Gefreiten, der sofort mit einem Ruck aufsprang und ihm ein Register in schwarzem Einband brachte. Der Oberleutnant nahm es und blätterte einige Seiten um.

«Wie sagten Sie? Galimberti, mit ‹g› wie Gas … Galimberti, Galimberti, Galimberti Oreste, ja. Verhaftet am 17. April 1945 um elf Uhr, wird aufgrund anonymer Denunziation terroristischer Aktivitäten verdächtigt. Ja, den haben wir.»

De Luca hielt den Atem an, sein Herz klopfte. «Darf ich ihn sehen?» fragte er.

«Sie dürfen, ja. Ah, Moment … ich sehe gerade, daß sein Name *vernichtet* ist» – er benutzte das deutsche Wort – «sein Name steht auf der Abschußliste. Er ist nicht mehr hier bei der Gestapo.»

De Luca ballte die Fäuste, noch eine Minute länger, und er würde anfangen zu schreien.

«Und wer hat ihn jetzt?» zischte er. «Haben Sie ihn der Muti übergeben? Oder der Decima MAS? Sie können es mir ruhig sagen, ich ...»

«Das ist eine vertrauliche Information», sagte der Oberleutnant und fuhr mit dem Finger an der Linie in seinem Register entlang, «aber ich kann eine Ausnahme machen für einen ... wie sagt ihr hier? ... *Collega.* Übrigens», ein Lächeln entschlüpfte ihm, «was für ein Zufall, er kommt gerade eben hier vorbei.»

Er zeigte auf das gegenüberliegende Fenster, das sich auf den Hof hin öffnete. De Luca drehte sich um und rannte zusammen mit Pugliese ans Fenster.

«Ein Unfall», erklang es wieder auf deutsch aus dem Mund des Oberleutnants, *«ein Unfall* ... so etwas passiert manchmal.»

Auf dem Hof waren zwei SS-Soldaten in Lederschürzen dabei, die Leiche eines alten Mannes auf einen Lastwagen zu laden. Er war zuvor eindeutig gefoltert worden.

«Und was machen wir jetzt?» Pugliese saß im Auto auf dem Fahrersitz, seine Hände lagen regungslos auf dem Steuerrad. Neben ihm hatte De Luca sein Kinn tief in den Mantelkragen vergraben und blickte finster vor sich hin.

«Was wir machen?» fragte er gereizt, «ist das alles, was Ihnen dazu einfällt?»

«Nein, ich frage Sie nur, weil Sie der Chef sind», antwortete Pugliese beleidigt, «ich weiß sehr wohl, was wir zu tun haben. Wir verhaften Sonia Tedesco und setzen dem Ganzen ein Ende.»

De Luca drehte sich zu ihm und sah ihn an. Seufzend vergrub er sich wieder in den Regenmantel.

«Das wäre einfach», sagte er.

«Aber wir mögen keine einfachen Sachen, nicht wahr?»

«Genau. Wenn sich Galimberti nur nicht so hätte hereinlegen lassen ... Denn ich glaube nicht, daß der Anruf, der ihn ausgerechnet jetzt denunziert hat, Zufall war. Es gibt zwar sechzehn verschiedene Polizeien in der Republik, und alle verhaften irgendwelche Leute, aber ich glaube trotzdem nicht an einen Zufall. Er hätte uns viel erzählen können, zum Beispiel, welche der Frauen am Morgen zuletzt bei Rehinard gewesen war, denn meiner Meinung nach muß es eine Frau gewesen sein. Rehinard konnte Dutzende von Feinden gehabt haben, aber das sind keine Leute, die auf diese Weise, fast zufällig, töten, mit einem auf dem Schreibtisch gefundenen Brieföffner. Die hätten ihn verschwinden lassen wie Galimberti, oder sie hätten ihn auf offener Straße erschossen. Und Sex spielt auch eine Rolle. Darauf weist der zweite Messerstich hin. Sonia Tedesco oder die Frau des Professors, die alle zu decken versuchen. Oder auch eine andere, von der wir nichts wissen.» Valeria fiel ihm ein, nur für einen kurzen Moment, aber lange genug, um den Kopf zu schütteln, wie um eine lästige Mücke zu verscheuchen. Nein, Valeria nicht. Warum nicht?

«Es fehlen zu viele Hinweise», sagte er laut, aber er sprach zu sich selbst.

«Es fehlen uns Informationen über die Frau von Alfieri», sagte Pugliese, «aber angesichts der augenblicklichen Lage werden wir sie nie bekommen. Wenn wir Fragen in diese Richtung stellen, werden es sofort alle erfahren, vom Quästor bis zum Duce höchstpersönlich, und dann gute Nacht.»

De Luca biß sich nervös auf die Lippen. Schon seit einigen Minuten ging ihm ein Gedanke durch den Kopf, den er zwar verscheuchen wollte, der ihn jedoch nicht mehr losließ. Seine Bemühung, den Verdacht von Valeria abzulenken, ohne seine Polizistennatur zu verraten, ließ den Gedanken erst recht hochkommen.

«Das übernehme ich», sagte er düster. «Ich weiß schon, wo ich die Informationen herhole.»

Sechstes Kapitel

An den geschwärzten und bröckeligen Mauern des alten Bauernhauses war kein Verputz mehr zu erkennen. Es stand fast auf dem Land, in einer Gegend, die die Stadt noch vor dem Krieg erreicht und in Peripherie umgewandelt hatte. So schwarz, massiv und quadratisch wie es war, erinnerte es an ein Kloster. Abseits der anderen Häuser stand es am Ende einer bürgersteiglosen Straße voller Schlaglöcher. An der einen Wand, weit von der Tür, war in roten, zerlaufenen Buchstaben zu lesen: «Mörder, seht euch vor!»

De Luca ließ das Auto in einer Kurve weit vor dem Haus halten, um den Wachposten, der sie mit umgehängtem Maschinengewehr von der Tür aus beobachtete, nicht herunterzubemühen. Er stieg aus und wies Pugliese an, zurückzufahren. Mit entschlossenen Schritten überquerte er die staubige Straße. Die Hände außerhalb der Taschen vom Körper weghaltend, näherte er sich der heruntergekommenen Fassade, dem halbgeöffneten Tor und den abbröckelnden Stufen. Die Vertrautheit mit dem Ort milderte die Angst, die schwer auf ihm lastete. Nur ein vages Gefühl von Unbehagen versteckte sich irgendwo zwischen Magen und Herz.

«Guten Tag, Kommandant», begrüßte ihn der Wachposten, der ihn erkannt hatte, mit ausgestrecktem Arm. De Luca antwortete nicht, sah ihn nicht einmal an, sondern trat direkt durch das Tor ein, während sich der Wachmann umdrehte, um ihn zu beobachten, unentschloßen, ob er ihn aufhalten sollte oder nicht.

Drinnen hatte sich ebenfalls nichts verändert. Auch bei offenen Fenstern blieb es dunkel, und es roch wie immer nach einem Gemisch aus Staub und Alkohol. Geschlossene Türen aus altem Holz mit neuen Schlössern. Spärliches Tippen eines ungeübten Zweifinger-Maschinenschreibers, tip, tip, tip. De Luca stieg die Treppe hoch, streifte das Geländer dabei leicht, begegnete jemandem, der ihn mit einem Kopfnicken grüßte, und blieb dann vor der Tür eines Büros stehen, die aussah wie alle anderen. Von weit her, aus dem unteren Stockwerk, hallte so etwas wie ein Schrei. De Luca klopfte.

«Herein», antwortete eine Stimme mit leicht sardischem Akzent. Ohne zu zögern trat De Luca ein, mit der bestimmten Art, wie er es schon Hunderte von Malen zuvor getan hatte.

«Ich bin's», sagte er. Von seinem Schreibtisch sah Hauptmann Rassetto überrascht auf, die Hand mit der Schreibfeder war ihm in der Luft steckengeblieben. Er war mager, hatte dunkle Haut, seine lockigen Haare waren nach hinten gekämmt und er trug einen schmalen Oberlippenbart. Seine tiefschwarzen, engstehenden Augen verliehen dem Gesicht den scharfen Ausdruck eines Falken.

«Na so was», sagte er, und der Adamsapfel hüpfte an seinem mageren Hals zwischen dem spitzen Kinn und dem Kragen der Uniform auf und ab. «Ich war mir sicher, dich nie wieder zu sehen.» Er stieß mit dem Stiefel einen Stuhl unter dem Schreibtisch hervor, den De Luca an der Lehne auffing, bevor er zu Boden fiel. Lächelnd sah Rassetto ihn an, wobei er seine spitzen Wolfszähne entblößte.

«Ich höre, daß du Erfolg hast. Du bist berühmt geworden. Wer weiß, vielleicht befördern sie dich sogar, womöglich wirst du noch Quästor anstelle des anderen da. Was gibt's, hattest du Heimweh nach deinem alten Büro?»

«Mir gefällt's in der Quästur», erwiderte De Luca. «Es ist eine interessante Arbeit.» Er wollte eigentlich «sauber» sagen, unterließ es dann jedoch.

Rassetto nickte. Er klopfte mit dem Füllfederhalter gegen seine strahlend weißen Zähne, dann stand er auf und ging, die Daumen in den Gürtel geklemmt, zum Fenster. «Weißt du, daß man zwei Bomben in den Hof geworfen hat?» bemerkte er fast zerstreut. «Sie werden immer unverschämter, immer arroganter. Vorgestern haben sie Foschini umgebracht, genau hier draußen. Du erinnerst dich doch an Foschini, oder?»

De Luca schwieg. Rassetto kehrte zum Schreibtisch zurück und wühlte in den Papieren, die auf dem Tisch lagen. Er zog ein gelbes Blatt hervor und ließ es zu De Luca hinüberflattern, der es geschickt auffing, als es bereits leicht zu Boden segelte.

«Vielleicht interessiert dich das», sagte Rassetto, während er wieder ans Fenster trat.

De Luca las. Es war ein Kommuniqué des Nationalen Befreiungskomitees mit einer Namensliste, die mit Rassettos Namen begann. An fünfter Stelle stand sein eigener.

«Erstaunt dich das?» fragte Rassetto, ohne sich umzudrehen. «Hast du geglaubt, du seist draußen, nur weil du hier die Kopfarbeit gemacht hast? Oder weil du dich versetzen ließest?»

«Ja, das erstaunt mich allerdings. Ich bin Polizist», antwortete De Luca. Rassetto drehte sich um und zeigte sein kantiges Lächeln.

«Wir etwa nicht?» fragte er und stützte sich dabei mit den Händen auf den Schreibtisch. «Hör zu, De Luca, du warst immer anständig und hast gute Arbeit geleistet. Deswegen habe ich deine Anfrage unterstützt, als du in die Quästur zurück wolltest. Aber mach dir keine Illusionen, glaub nicht, daß deine Unschuld wiederhergestellt ist, nur weil du jetzt Hühnerdiebe jagst. Du hast doch die Verfügungen des Regionalen Befreiungskomitees von Norditalien über die Behandlung gelesen, die für die *Mörder* der Schwarzen Brigade vorgesehen ist?»

«Aber ich bin doch in der Quästur.»

«Nochmal … wie kannst du bloß so naiv sein? Wenn das alles

hier ein schlechtes Ende nimmt, wenn die *Banditen* unseren Platz einnehmen, stehen wir innerhalb einer Stunde an der Wand, ich in der Mitte, du auf der einen Seite und Valente, der Zahnarzt, auf der anderen, wie Jesus mit den zwei Schächern. Aber ich pfeif' drauf», er richtete sich auf, steckte die Daumen in den Gürtel, «weil wir gewinnen werden. Was willst du von mir? Willst du in der Partei Karriere machen? Brauchst du einen Ausweis als Faschist der ersten Stunde?»

De Luca schüttelte sich und konzentrierte sich wieder auf seinen Fall. Er ließ das Flugblatt zwischen die anderen Blätter zurückgleiten und zwang sich, es nicht mehr anzusehen. «Du mußt mir einen Gefallen tun», bat er. «Ich sitze in der Scheiße. Ich brauche Informationen über Alfieri. Ich weiß, daß es hier in der Kartei eine Akte über ihn gibt.»

Rassetto starrte eine Weile ins Leere. Etwas schien ihn abzulenken, aber De Luca wußte, daß er überlegte. Wenn er so nachdachte, mit diesem sonderbaren kleinen Lächeln, brütete er immer etwas Gefährliches aus.

«Einverstanden», sagte er endlich, «ich gebe dir die Informationen. Alfieri geht mir auch auf die Eier. Aber du mußt mir dafür die ganze Geschichte erzählen und mich in allem, was das betrifft, auf dem laufenden halten.» De Luca nickte. «Also hör zu. Fabio Alfieri ist ein eiserner Faschist, ein Freund von Farinacci und den Deutschen. Er ist Antisemit von der Schule des Preziosi, einer der unnachgiebigsten. Aber er treibt ein doppeltes Spiel. Über die Kurie steht er für die Deutschen in Kontakt mit dem Befreiungskomitee, er hält sich alle Türen offen, die ihm nützen könnten. Ab und zu schleust er sogar einen Juden raus oder einen wichtigen Roten und bereitet sich so auf das Danach vor, der Bastard. Sein Sohn Littorio, ein Musterfaschist und SS-Offizier, fungiert als Vermittler. Er fährt zweimal im Monat nach Verona, in Zivil. Seine Frau hingegen geht jeden Freitag zu Tedesco. Tedesco ist der große Gegner von Alfieri, eher Konservativer als Faschist. Auch er ist ein Wendehals, allerdings setzt er auf die Engländer. Alle diese Herren bereiten sich darauf vor, die Hosen runterzulassen, und jeder will sich am besten absichern. Ekelhaft.» Rassetto fletschte die Zähne und machte ein grimmiges Gesicht, dann setzte er wieder sein gefährliches Lächeln auf. «Jedenfalls hat Signora Alfieri in letzter Zeit mehrere Nächte außer Haus verbracht, ich habe sie beschatten lassen. Sie war in der Via Battisti, die Hausnummer habe ich vergessen. Schönes Durcheinander in der Familie, was? Jetzt bist du an der Reihe.»

De Luca erzählte alles, wobei er jedoch mehr zu sich selbst sprach. Er erzählte von Sonia und von Vitali, der ihn unter Druck setzte, vom Portier, vom Morphium und von dem verschwundenen Hausmädchen. Nur Valeria ließ er aus. Er hatte so schnell gesprochen, daß er schließlich fast keuchte – unter dem vergnügten Blick Rassettos.

«Das ist wirklich ein nettes Bordell», sagte dieser, «herzlichen Glückwunsch.»

«Danke.»

«Bitte. Und denk daran, wenn du zu uns zurück willst, bist du jederzeit willkommen.»

«Danke», wiederholte De Luca und stand auf. Er verließ das Büro mit der flüchtigen Erinnerung an jenes gelbe Blatt, das sich trotz seiner Bemühungen, es zu ignorieren, in seine Gedanken drängte. Aus dem unteren Stockwerk drang wieder ein undefinierbarer ferner Schrei.

Es war schon kurz vor der Ausgangssperre, als er in die Stadt zurückkam. Die Nacht brach bereits herein. De Luca hatte Pugliese nicht angerufen, um sich abholen zu lassen. Er zog es vor, allein, düster und schweigsam, die Hände in den Taschen, durch die sich allmählich leerenden Straßen zu gehen, zwischen den aus Sicherheitsmaßnahmen gelöschten Straßenlaternen. Es war warm, der Sommer hielt endlich Einzug, und ein lauer Wind, der in staubigen Böen daherkam, ließ die Falten des offenen Mantels an seinen Beinen kleben.

De Luca dachte nach. Er war völlig vertieft in einen Haufen Gedanken, die aufeinanderprallten, sich überlagerten und sich seinem Versuch, sie zu ordnen, entzogen. Der gelbe Zettel, Sonia, Silvia, Valeria … Er hatte Valeria an diesem Tag zweimal erfolglos anzurufen versucht, daher entschloß er sich, zu ihr zu gehen, obwohl der letzte Anruf erst zehn Minuten her war. Er würde vielleicht vor ihrem Haus auf sie warten, denn er wollte sie unbedingt sehen, wenn auch nur, um zu reden oder um sich von ihren schrägen Hexenaugen mit dem roten Schimmer anblicken zu lassen.

Er ging schneller und horchte passiv auf das gleichförmige Geräusch seiner Schritte. Ein über die Lenkstange gebeugter Radfahrer, der eilig in die Pedale trat, überholte ihn. In einiger Entfernung vor ihm bog gerade der Schluß einer Patrouille um die Ecke, ohne ihn zu bemerken. De Luca griff unter den Regenmantel, um seinen Ausweis zu zücken, falls er angehalten würde, doch als er ihn herauszog, fiel er ihm aus der Hand. Mit einem verärgerten Seufzer bückte er sich, um ihn wieder aufzuheben, als ihm ein Mann in einem kurzen Mantel auffiel, der hinter ihm abrupt vor einem leeren Schaufenster stehengeblieben war und sich einen Schuh zuschnürte. Sein Herz begann schneller zu schlagen. Er drehte sich um und ging angespannt weiter. Weiter vorn verschwand links etwas sich schnell Bewegendes um die Ecke. De Luca versteifte sich und legte seine Hand auf die Pistole in der Manteltasche. Er zwang sich dazu, sich nicht umzudrehen, so daß ihm allmählich die Halsmuskeln schmerzten. Er beschleunigte seinen Gang und horchte auf den Rhythmus der Schritte hinter ihm. Als er den Radfahrer erblickte, der weiter vorn angehalten hatte und seine Kette überprüfte, hatte er keine Zweifel mehr, und ein eisiger Schauer kroch ihm über den Rücken und ließ ihn in seinem Regenmantel erschaudern. Er bog jäh nach rechts in die erstbeste Straße ein und rannte los, so schnell er konnte. Hinter sich hörte er einen Pfiff und das Geräusch schneller Schritte, die ihn verfolgten, während er wieder nach rechts abbog und dann nach links, ohne zu wissen, wohin er lief. Er kam auf einen kleinen Platz und fühlte sich verloren. Neben ihm war nur eine lange Häuserreihe mit geschlossenen Türen und vor ihm nur eine offene Straße zu sehen. Während die Schritte immer näherkamen, sah er sich keuchend um, bis er über sich den vertrauten Balkon von Valerias Wohnung erkannte. Er stemmte sich gegen die Tür, die nachgab und dumpf gegen die Mauer schlug, und rannte, sich am Geländer festhaltend, die Treppe hinauf. Er erreichte Valerias Wohnung und hämmerte mit geballten Fäusten verzweifelt gegen die Tür.

«O Gott, mach, daß sie zu Hause ist!» dachte er laut.

Er hörte zu hämmern auf und lauschte mit offenem Mund und angehaltenem Atem. Von der Treppe her waren Schritte zu hören, Sohlen, die den Marmorboden streiften. Er zog die Pistole aus der Tasche und hämmerte mit der anderen Hand wieder gegen die Tür.

«Ich komme, ich komm' ja schon!» hörte man eine von den Schlägen übertönte Stimme hinter der Tür, «wer ist denn da?»

De Luca hörte zu klopfen auf. Er entsicherte die Pistole, und die Schritte hielten in vorsichtigem Schweigen inne.

«Mach auf!» schrie er an der Tür, «ich bin's, mach auf!»

Valeria öffnete die Tür und De Luca stieß sie zur Seite und stürzte hinein.

«Mach zu!» flüsterte er keuchend. Sie öffnete den Mund, dann sah sie die Pistole und erschrak. Sie schloß sofort die Tür und hängte die Kette vor. De Luca nahm sie am Arm und zog sie weit weg durch die Glastür bis ins Wohnzimmer. Auch die Wohnzimmertür schloß er und stemmte einen Stuhl dagegen, während Valeria ihn mit aufgerissenen Augen ansah.

«Was ist denn los?» fragte sie ihn, «was ist geschehen?»

«Telefon», sagte De Luca nur. Sie zeigte auf den kleinen Tisch neben dem Fenster. Er nahm den Hörer ab und wählte eine Nummer, ohne die Pistole aus der Hand zu legen. Während er wartete, spähte er vorsichtig aus dem Fenster. Der Mann im kurzen Mantel stand an eine Mauer gelehnt auf der Straße.

«Pugliese? Gott sei Dank, ich dachte schon, ich würde Sie nicht erreichen! Ich brauche Hilfe, drei Männer verfolgen mich, sie wollen mir das Fell überziehen. Rufen Sie jemanden und kommen Sie sofort!» Er gab ihm die Adresse und legte auf, während er nochmals einen Blick aus dem Fenster warf. Der Mann im Mantel sprach mit dem mit der Jacke, und sie blickten zur Wohnung herauf. Valeria kam näher, nahm De Luca am Arm und sah ebenfalls aus dem Fenster.

«Wer sind die?» fragte sie.

«Leute von Tedesco, glaube ich. Oder von Alfieri.»

«Vielleicht auch Partisanen.»

De Luca drehte mit einem angespannten Ruck ein wenig den Kopf, dann schaute er gleich wieder aus dem Fenster.

«Nein, ich glaube nicht ... ich weiß es nicht. Ich denke nicht.»

«Setz dich. Sie steigen sicher nicht durchs Fenster.»

Sie schob ihn zum Sofa und setzte sich neben ihn, fast kniend. Mit dem Handrücken streichelte sie ihm über die Wange.

«Du zitterst ja», sagte sie. De Luca legte die Pistole weg. Er biß sich nervös auf die Lippen.

«Ich hatte Angst», sagte er, «es hat nicht viel gefehlt.»

Sie kam näher und legte ihm mütterlich einen Arm um die Schultern, so daß er seinen Kopf zur Seite neigen mußte, aber er war zu angespannt, stand auf und lief im Zimmer hin und her.

«Ich möchte dich etwas fragen», sagte er, ohne sie anzusehen, «warst du gestern morgen bei Rehinard?»

«Warum fragst du mich das?»

«Weil ich es wissen will. Warst du am Morgen bei ihm?»

Valeria seufzte. «Ja. Ich war bei ihm. Aber ich habe ihn nicht umgebracht.»

«Warum bist du dorthin gegangen?»

«Weil ich ihn kannte, ich ging oft zu ihm.»

«Warum?»

«Was soll das? Ist das ein Verhör?»

«Ja, das ist es.» De Luca sah sie an, wie sie im Morgenmantel aufrecht auf dem Sofa saß und ihn nun mit kalten Augen anstarrte. Er konnte ihrem Blick nicht standhalten und begann wieder auf und ab zu gehen.

«Warst du mit ihm zusammen?»

«Das geht dich nichts an.»

«Doch, es geht mich etwas an! Rehinard ist ermordet worden, und ich bin Polizist!»

Valeria fuhr auf, eine rote Locke fiel ihr in die Augen. «Wenn du dich abreagieren mußt, weil du Angst gehabt hast, dann tu das bei jemand anderem», zischte sie, «ja, ich war mit ihm zusammen. Er war sehr schön, ich bin eine erwachsene und freie Frau. Ich war auch mit dir zusammen, oder? Muß ich das auch rechtfertigen?» Sie wandte ihm den Rücken zu. De Luca sah schweigend zu Boden. Er starrte auf den Saum des Morgenmantels, der um die nackten Knöchel ihrer runden Fersen flatterte, die die Pantoffeln entblößten.

«Als du zu ihm gegangen bist», fragte er ruhig und versuchte seine Stimme zu beherrschen, «bist du da im Arbeitszimmer gewesen?»

«Ja.»

«Was stand dort auf dem kleinen niedrigen Tisch?»

Valeria drehte ihm weiterhin schweigend den Rücken zu, als würde sie nachdenken.

«Zwei Gläser standen da», erwiderte sie nach einer Minute,

die ihm wie eine Ewigkeit erschien, «und eines war mit Lippenstift verschmiert. Ich habe ihn deswegen sogar verspottet. Ich war nicht eifersüchtig, er war mir gleichgültig.»

Draußen auf der Straße hielt ein Auto mit quietschenden Bremsen. De Luca rannte zum Fenster und sah Pugliese und Albertini, die aus dem Auto sprangen und Marcon, der auf dem Trittbrett stehenblieb, ein Maschinengewehr im Anschlag.

«Sie sind da», sagte er, «ich gehe runter. Hab keine Angst, es wird niemand kommen und dich belästigen.»

Valeria zog die Schultern hoch. Er wartete. Er hätte sie gern «bleib hier» sagen hören, und er hätte sie gern darum gebeten. Aber sie sagte es nicht, und er bat auch nicht darum. Er ging ins Treppenhaus hinaus, wo ihn Pugliese an eine Wand gelehnt erwartete, mit der Pistole in der Hand.

Sie ließen ihn vor der Pension aussteigen, in der er wohnte, und warteten, bis er die Tür geöffnet hatte. Marcon stand mit dem Maschinengewehr auf dem Trittbrett und beobachtete die Straße, während Pugliese mit der Pistole in der Hand aus dem Fenster sah. Erst als De Luca ihnen mehrmals bedeutet hatte, zu gehen, fuhren sie los.

Jetzt, wo er keine Angst mehr hatte, konnte De Luca wieder denken. Er war davon überzeugt, daß es Männer von Tedesco gewesen waren. Er hatte im Auto mit Pugliese diskutiert, der ebenfalls der Meinung war, daß der Professor kein Interesse daran haben konnte, De Luca zu eliminieren: Sie arbeiteten ja sozusagen für ihn. Aber Pugliese hatte auch halblaut eine Frage fallenlassen, die fast den Worten Valerias entsprach. *Und wenn es Partisanen gewesen sind?* De Luca hatte darauf nicht geantwortet.

Er stieg die Treppe hoch und wühlte in der Tasche nach seinem Zimmerschlüssel. In der Dunkelheit mußte er sich am Geländer festhalten, denn es waren schon alle Lichter in der Stadt gelöscht worden. Er fühlte sich völlig am Ende und dachte, daß er endlich, sobald er sein Bett nur berührte, in einen bleiernen Schlaf fallen würde. Aber als er auf dem Treppenabsatz angekommen war, ließ ihn ein seltsames Geräusch, ein Seufzen oder Schluchzen, sich an die Wand drücken, und sein Herz begann wieder wie wild zu klopfen. Er bemerkte eine helle Gestalt, die in der Nähe der Tür zusammengekauert war, und erkannte sie trotz der Dunkelheit sofort. Er hielt still, die Hand in der Tasche auf den Pistolenschaft gelegt.

«Lieber Gott», murmelte De Luca, der nun wieder Luft kriegte, «hast du mir aber Angst eingejagt.»

Sonia Tedesco saß auf dem Boden. Die Arme um die unter ihrem weißen Regenmantel angezogenen Knie geschlungen, blickte sie ihn mit weit aufgerissenen Augen an und schien zu zittern.

«Was machst du hier?» fragte De Luca, aber sie antwortete nicht. Sie zitterte wirklich. De Luca schloß die Tür auf, nahm sie am Arm und zog sie hoch. Sie traten ins Zimmer, ein karges Schlafzimmer mit einem Tisch, einem Stuhl und einem kleinen Sessel in der Ecke. Sonia setzte sich auf den Sessel, zog die Beine hoch, wickelte sich in ihren Regenmantel und sah ihn, zusammengekauert und mit weit geöffneten Augen, wie eine Eule an.

«Ich habe heute schon genug Aufregung gehabt», sagte De Luca, «und ich habe überhaupt keine Lust auf Ratespiele.»

«Ich werde von einem Mann verfolgt», sagte Sonia plötzlich. De Luca lächelte müde.

«Wirklich?» fragte er ironisch, «wie eigenartig...» Er nahm den Stuhl bei der Lehne und zog ihn in die Nähe des Sessels, um sich vor Sonia hinzusetzen, wie zu einem Verhör. Sie wich zurück und wickelte sich noch enger in ihren Regenmantel. Sie war blaß und die feuchten Haare klebten ihr an der Stirn. Sie hatte etwas

Sonderbares an sich, De Luca merkte es erst nach einer Weile: Es waren die Augen, sie waren weit aufgerissen und nicht halbgeschlossen wie sonst, was ihr einen weniger sinnlichen, dafür kindlicheren und erschrockenen Ausdruck verlieh.

«Ich war es nicht», sagte sie, und De Luca breitete die Arme aus.

«Das glaube ich langsam auch.»

«Warum verfolgt mich dann ständig jemand? Jemand spioniert mir und Alberto nach, und alle Freunde gehen uns aus dem Weg ... Und dann die Zeitungen ...» Sie bewegte sich im Sessel, steckte schnell und ungeschickt eine Hand erst in die eine, dann in die andere Tasche des Regenmantels, und zog etwas heraus, das ihr aber entglitt und mit einem dumpfen Schlag auf den Boden fiel. Sie wollte sich bücken, um es aufzuheben, De Luca war jedoch schneller und hielt instinktiv ihren Arm fest, noch bevor er bemerkt hatte, daß es eine kleine Pistole war.

«Gott», murmelte er, «jetzt wird es aber langsam zur Gewohnheit.» Er schob Sonia in den Sessel zurück und hob die Pistole auf. Mit einem leichten Anflug von verspäteter Angst, einem kurzen Schauer, der gleich wieder verflog, hielt er sie in der Hand. Vielleicht war die Aufregung an diesem Abend wirklich zuviel für ihn gewesen.

«Ich möchte etwas trinken.» Sonia vermied es, ihn anzusehen.

«Das würde ich auch gerne, aber es ist nichts da. Warte, vielleicht gibt es doch noch etwas ...» De Luca ging zum Tisch und zog eine Schublade auf, in der er eine fast leere Flasche Branntwein fand. Er schüttete den Rest in ein Glas und trank einen Schluck, dann gab er es Sonia und sah ihr zu, wie sie es in einem Zug austrank. Er lächelte, als er sah, daß sich auf ihren Wangen der Abdruck des Glases rot abzeichnete, wie bei einem Kind.

«Ich war es nicht», wiederholte sie. De Luca seufzte, nahm den Stuhl und drehte ihn so, daß er sich rittlings daraufsetzen konnte. Aber er stand gleich wieder auf, da es auf diese Weise tatsächlich zu sehr nach einem Verhör aussah. Er setzte sich auf das Bett, wobei die Federn quietschten.

«Was für eine schreckliche Geschichte», sagte er zu Sonia, deren ihm zugewandtes, regungsloses Profil in Kurven unter den feuchten Stirnfransen hervortrat. «Was ich auch tue, ist falsch. Verfolge ich dich, läßt mich dein Vater umbringen, verfolge ich dich nicht, wird mich Vitali umbringen lassen. Wenn ich Nachforschungen anstelle, bin ich tot, wenn ich keine Nachforschungen anstelle, ebenfalls. Kann man so denn arbeiten?»

Sonia blieb schweigsam, aber De Luca wollte auch gar keine Antwort.

«Mein Problem ist, daß ich neugierig geboren wurde. Es war schon immer so ... alles muß klar sein, alles seine Ordnung haben, bis ins kleinste Detail, und das Wie und Warum muß rational erklärbar sein, sonst werde ich verrückt. Deswegen kann ich dich nicht verhaften und so tun, als wäre alles in Ordnung, weil ich *weiß*, daß die Untersuchung damit nicht abgeschlossen wäre ... aber unterdessen muß ich dich beschatten lassen, weil um dich und mich herum ein Krieg zwischen Giganten herrscht, und ein kleiner, zu neugieriger Polizist ist schnell aus dem Weg geschafft. Wirklich, kann man so denn arbeiten?»

Er nahm ihr das Glas aus den Händen und leerte es bis auf den letzten Tropfen, indem er den Kopf zurückbog. Sie schien ihm überhaupt nicht zuzuhören, und gerade deswegen sprach De Luca weiter, wie zu sich selbst.

«Als ich zur Sondereinheit der Muti gerufen wurde, bin ich sofort gerannt. Weil dort *gut* gearbeitet wird, verstehst du?» Sie verstand nicht, sie hörte nicht einmal zu. «Dort war alles äußerst effizient, sie hatten die besten Detektive, die besten Karteien, es gab die nötigen Mittel ... Der Beruf des Polizisten ist schon immer so gewesen, und es ist das, was ich immer gemacht habe. Ein Polizist hat keine politischen Entscheidungen zu treffen. Von einem Polizisten kann nicht verlangt werden, daß er politische

Entscheidungen trifft, er soll einfach seine Arbeit gut machen. Deswegen denke ich, daß die Typen von vorhin Leute deines Vaters waren und nicht Partisanen.»

«Und Rassettos Liste?» fragte er sich schweigend und böse, als würde ein anderer zu ihm sprechen.

Sonia bewegte sich, drehte langsam den Kopf zu ihm hin und sah ihn wieder mit halbgeschlossenen Augen an, obwohl ihre Stirn immer noch vor Schweiß naß glänzte.

«Willst du mit mir schlafen?» fragte sie plötzlich, fast zerstreut, und er blieb einen Moment lang sprachlos. Er war gerade ganz woanders mit seinen Gedanken. Noch bevor er antworten konnte, stand Sonia auf, und De Luca streckte einen Arm aus, weil sie zu fallen schien. Sie behielt jedoch das Gleichgewicht und zog schwankend den Regenmantel fester um sich. Dann sah sie sich um, als wisse sie nicht, wo sie sei.

«Dieser Mann hat sich versteckt», sagte sie, «aber er spioniert mir nach ...» Sie trat einen Schritt auf De Luca zu, wechselte dann plötzlich die Richtung und ging schnell, wenn auch auf ihren hohen Absätzen ein bißchen unsicher, auf die Tür zu.

«Du kannst nicht raus», sagte De Luca, «es ist jetzt Ausgangssperre ...», aber er sagte es nur leise, ohne Überzeugung. Sie schien ihn nicht gehört zu haben. Sie verließ das Zimmer und ließ ihn allein zurück. Müde saß er auf dem Bett, todmüde, aber mit der absoluten Gewißheit, auch in dieser Nacht nicht schlafen zu können.

Siebtes Kapitel

«Unser Ingangaro ist ein richtiger Spürhund, Kommissar. Wenn er sagt, daß er jemanden findet, dann findet er ihn auch, so wie den armen Portier. Assuntina Manna wohnt dort.»

Pugliese zeigte auf eine Holzbaracke mit Blechdach, die einzige mit einer Tür und einem richtigen Glasfenster, die jedoch beide geschlossen waren. Wäsche hing zum Trocknen an einer Leine zwischen der Baracke und den Überresten einer zerbombten Mauer, die, schief und mit Einschußlöchern übersät, die Baracke überragte. Niemand war zu sehen, nicht einmal eine Frau oder ein spielendes Kind. Wahrscheinlich wegen des Autos oder wegen der Polizistenvisage Marcons, der sie mit den Händen in den Taschen und den Hut tief ins Gesicht gezogen, hinter der aufgehängten Wäsche erwartete.

De Luca stieg, gefolgt von Pugliese, aus dem Auto und ging auf die Baracke zu. Dabei hatte er das sichere Gefühl, beobachtet zu werden. Er pochte zweimal laut an die Holztür, während Pugliese besorgt die Höhe der Mauer betrachtete.

«Haben die hier denn keine Angst, daß ihnen die Mauer auf den Kopf fällt?»

De Luca klopfte noch einmal, dieses Mal stärker. Er rief: «Polizei, machen Sie sofort auf!» Er wollte gerade ein drittes Mal gegen die Tür hämmern, als sie sich öffnete und ein stämmiger junger Mann mit lockigen Haaren und einem alten Militärpullover auf die Schwelle trat und ihnen den Weg versperrte.

«Polizei», sagte De Luca. «Wir suchen Assuntina Manna.»

Mit vor der breiten Brust verschränkten Armen blickte ihn der Mann finster an.

«Sie ist nicht da», sagte er schroff, «sie wohnt nicht mehr hier.» Er trat einen Schritt zurück, als wolle er wieder auf dem Absatz kehrtmachen. Pugliese kam ihm jedoch zuvor und stemmte eine Hand gegen die Tür, so daß der andere sie nicht schließen konnte.

«Ich kenne diesen Herrn», sagte er, «Bruno Manna ... du warst einige Male bei uns, Kleiner.» Auch Marcon war näher gekommen. Er legte ihm eine Hand auf den Arm, aber Bruno riß sich mit einem heftigen Ruck los.

«Laßt die Finger von mir», knurrte er, «Assuntina ist nicht hier!» Er versuchte, ins Haus zurückzukehren, aber die anderen standen zu nahe bei ihm.

Er stemmte De Luca eine Hand auf die Brust und stieß ihn nach hinten, und als dieser sich an Brunos Arm festhielt, um nicht zu fallen, versetzte Bruno ihm einen Tritt zwischen die Beine. De Luca stöhnte auf und sank in die Knie, während Pugliese den Mann am Pullover festhielt und dabei seinen Hut verlor. Marcon stürzte sich auf ihn und schlug ihm einen gewaltigen Fausthieb in den Magen, so daß Bruno zusammensackte. Dann packte er ihn am Kragen und schlug weiter auf ihn ein, während Pugliese versuchte, die Handschellen hervorzuziehen. Hinter der Tür erschien das Gesicht einer erschrockenen alten Frau, und dann stürmte ein Mädchen heraus, die Marcon an den Haaren riß und schrie: «Bruno! Jesus, was macht ihr mit ihm! Bruno!»

«Lauf weg, Assuntina!» brüllte der Mann. «Laßt sie in Ruhe, sie hat nichts damit zu tun!»

«Jetzt halt schon still, du Bastard!» schrie Marcon, der versuchte, ihn festzuhalten.

«Heiliger Himmel!» fluchte De Luca. Er sprang auf, packte Assuntina an einem Arm und schleppte sie weg, während Pugliese Bruno mit einem Fußtritt in die Knie zwang. De Luca bog mit Assuntina um die Hausecke und drückte sie mit dem Rücken gegen die Holzbalken. Er hielt sie an den Armen fest und schüttelte sie, da sie nicht zu kreischen aufhörte.

«Hör auf, verdammt nochmal, hör auf! Ich will dir doch nur ein paar Fragen stellen!»

Endlich verstummte Assuntina. Er führte sie hinter die Mauer und setzte sie auf einen Stein. Als sie sich hinknien wollte und die Hände faltete, setzte er sie wieder auf den Stein zurück.

«Beruhige dich», sagte er, «Bruno geschieht nichts, und dir passiert auch nichts, da kannst du ganz sicher sein. Ich bin nicht hier, um jemanden zu verhaften, verdammt nochmal, begreift das doch endlich!»

Assuntina schlug die Augen nieder und schlang die Arme um sich, um ihr Schluchzen zu unterdrücken. Sie war ein schönes, sehr junges Mädchen mit dunkler Haut und schwarzen Augen. Sie trug ein leichtes, rosa kariertes Kleid, das im Kampf gerissen war und nun eine runde Schulter entblößte.

«Hör mir mal zu», sagte De Luca, «du warst doch das Hausmädchen von Vittorio Rehinard, nicht wahr?»

Assuntina nickte mit einem Seufzer, der in einem Schluchzer unterging. Die schwarzen Haare hingen ihr wirr ins Gesicht. Mit dem Fuß auf einen Stein gestützt beugte sich De Luca vor, weil ihm die Stelle, wo er den Tritt abbekommen hatte, immer noch ein bißchen weh tat. Er legte ihr einen Finger unter das Kinn und zwang sie, den Kopf zu heben und ihn anzusehen.

«Hast du die Sprache verloren, Mädchen, oder muß ich dich in die Quästur mitnehmen?»

«Ich war das Hausmädchen von Signor Rehinard», flüsterte Assuntina, dann klärte sich ihre Stimme, und sie wiederholte: «Ich war Signor Rehinards Hausmädchen, aber ich weiß nichts, denn er hat mich schon vor sechs Tagen weggeschickt.»

«Und du warst seither nicht mehr in seinem Haus?»

«Nein», schluchzte sie, «nein, nein.»

«Warum hat er dich weggeschickt?»

«Ich weiß es nicht. Er war so. Nach einer Weile langweilten ihn seine Dienstmädchen, und dann schickte er sie wieder weg. Aber er hatte es gesagt, daß er auch mich früher oder später wegschicken würde.» Sie weinte. Die Tränen kullerten über ihre runden Wangen wie bei einem Kind. De Luca ließ ihr Kinn los und richtete sich wieder auf. Er wollte sich gerade an die Mauer lehnen, hielt aber noch rechtzeitig inne.

«Was hat Signor Rehinard denn so gemacht?» fragte er. «Blieb er zu Hause, ging er aus, hat er sich mit Leuten getroffen?»

Assuntina trocknete sich mit dem Handgelenk die Wangen und nickte, aber die Tränen liefen ihr schon wieder herunter. «Er ging jeden Morgen weg, am späteren Vormittag, und auch jeden Freitag abend. Es kamen viele Leute, aber ich kannte niemanden.»

«Kannst du sie beschreiben?»

«Es kamen viele Frauen. Und ein Soldat.»

«Was machten sie bei Signor Rehinard? Unterhielten sie sich mit ihm oder brachten sie ihm etwas?»

Assuntina schüttelte den Kopf, und ein weiterer Schluchzer entfuhr ihr. «Ich weiß es nicht», erwiderte sie, «er schickte mich immer zum Einkaufen weg. Manchmal sagte er mir, daß ich die Nacht über wegbleiben solle.»

«Kam auch ein blondes Mädchen?»

«Ja, sehr oft. An einem Morgen habe ich sie weinend draußen auf der Treppe sitzen sehen. Signor Rehinard hatte sie ins Haus gelassen, und als sie wieder ging, war sie … ich weiß nicht wie, sie war so seltsam.»

De Luca nickte finster und biß sich auf die Lippen. Er steckte eine Hand in die Manteltasche und brachte sich unter dem Regenmantel wieder in Ordnung. Aber das war es nicht, was ihn gestört hatte. Er wollte eigentlich eine Frage stellen, und das tat er endlich auch.

«Kam auch eine rothaarige Frau?» fragte er.

Assuntina nickte. «Signora Valeria war die einzige, die nett zu mir war. Aber es kam auch eine ganz böse, mit schwarzen Haaren.»

«Klein, mit Brille?» fragte De Luca. Valeria schwirrte wieder in seinem Kopf herum.

«Ja. Signor Rehinard nannte sie Exzellenz und scherzte immer mit ihr, aber einmal habe ich sie auch streiten hören. Sie sagte ‹laß meinen Sohn in Ruhe, ...› Sie schien sehr wütend zu sein.» Assuntina zog die Nase hoch und wischte sich mit dem nackten Arm die Tränen ab, wobei sie eine glänzende Spur auf ihrer Haut hinterließ. De Luca wollte ein Taschentuch hervorziehen, aber er war so sehr in seine Gedanken versunken, daß er es auf halbem Weg wieder vergaß und seine Hand in der Tasche steckenblieb. Er nickte zwei-, dreimal vor sich hin, den Blick ins Leere gerichtet, dann raffte er sich auf.

«Sag mal, noch eine letzte Frage», sagte er, «Signor Rehinard und du, hat er dich nie ...?»

Assuntina preßte die Zähne aufeinander und ihr Gesicht und ihre Augen begannen zu glühen, worauf De Luca beschwichtigend den Arm hob und den Kopf schüttelte. Er kannte diesen Blick und wußte aus Erfahrung, daß er aus dem Mädchen, das mit bloßen Füßen und wirren Haaren auf dem Stein saß, nichts mehr herausbringen würde.

«Was erwarten Sie, Kommissar, das sind Süditaliener, alles Ignoranten ...» Pugliese blies den Staub von seinem Hut. «Wenn sie die Polizei nur sehen, erschrecken sie schon. Die Mutter von Assuntina hat mir gesagt, daß ihr Bruder sie beschützt, seitdem ihr Verlobter '40 nach Griechenland gegangen ist, und er niemanden an sie heranläßt. Wenn er nicht gerade im Gefängnis ist, meine ich, denn dieser Manna ist ein schlimmer Typ, vorbestraft und schnell mit den Fäusten und dem Messer … er ist gestern aus dem Gefängnis entlassen worden. Wir hätten ihn wohl besser gleich wieder mitgenommen, wo er ja schon die Handschellen anhatte.»

«Lassen wir's, Pugliese, wir haben schon genug Schwierigkeiten.» De Luca saß hinten, in seinen Mantel vergraben, neben Marcon, der eine Maschinenpistole quer über den Knien liegen hatte. Sie fuhren in die Quästur zurück. Pugliese wollte sich umdrehen, war aber so in seine Jacke verwickelt, daß er sich nur mühsam mit einem Arm befreien konnte.

«Habe ich Ihnen schon von Albertini berichtet, Kommissar? Er hat noch nichts von sich hören lassen, ich mache mir langsam Sorgen. Er hatte angerufen und gesagt, daß sie ihn jeden Moment verhaften würden und daß er nur erfahren habe, daß Littorio Alfieri Leutnant sei und jetzt in den Hügeln nach Partisanen suche. Aber er würde vielleicht noch mehr herausfinden.»

«Wir müssen mehr darüber wissen.»

«Und warum?» Pugliese stemmte sich hoch, wobei er fast auf den Sitz kletterte. «Der Quästor hat gestern nachmittag nochmals angerufen und gesagt, wir sollen die *Tedesco-Spur* weiterverfolgen. Er meinte, daß wir sie in die Enge treiben sollen …», er unterstrich es mit einer Geste, indem er alle Finger einige Male spreizte und wieder zusammendrückte.

«In die Enge treiben, einen Scheißdreck werden wir tun», sagte De Luca. Er fühlte sich miserabel. Er hatte weder geschlafen noch gegessen, und es war ihm, als wäre ihm ein Spinnennetz über das Gesicht gespannt. Wenn er die Lider schloß, brannten ihm die Augen. «Sonia Tedesco ist nur ein verzweifeltes und halbverrücktes armes Mädchen. Ich bin mir fast sicher, daß sie nichts mit Rehinards Tod zu tun hat. Immerhin hat er ihr das Rauschgift besorgt, und ich sehe keinen Grund, warum sie ihn hätte umbringen sollen. Und dann ist da die Geschichte mit dem Glas.

Wenn wirklich …», er wollte gerade «wenn wirklich Valeria …» sagen, aber er unterbrach sich, «wenn wirklich die Suvich das Glas gesehen hat, dann muß Sonia schon vorher dagewesen sein. Ich denke jetzt an eine andere Möglichkeit.»

«Die Hexe?» fragte Pugliese. De Luca sah ihn an. Ein leichtes Lächeln umspielte Puglieses dünne Lippen unter der Habichtnase, aber das war der normalste Gesichtsausdruck des Polizeimeisters.

«Nein», antwortete De Luca, «es wäre möglich, aber ich weiß es nicht. Ich denke an die Frau des Professors, die Dunkelhaarige, die immer zu Rehinard ging und dann wegen ihrem Sohn mit ihm in Streit geriet. Warum? Gott, was würde ich darum geben, wenn ich sie auf meine Weise verhören könnte.»

«Auf Ihre Weise?» fragte Pugliese, und De Luca bemerkte wieder jenes schmale Lächeln, das ihm zu spotten schien. In diesem Moment hielt das Auto abrupt an. Pugliese rutschte auf den Sitz zurück, während Marcon eine Hand auf die Maschinenpistole legte. De Luca streckte den Kopf aus dem Fenster und sah einen Unterführer der Republikanischen Garde, der ihnen Zeichen machte, zu wenden und zurückzufahren.

«Partisanen!» sagte der Unterführer, als er von weitem Puglieses Ausweis sah, «sie schießen von einem Dach aus, man kommt nicht durch.»

«Laß uns durch die Via Mastella fahren», schlug Pugliese Marcon vor, aber De Luca legte ihm eine Hand auf die Schulter, damit er anhielt.

«Warte, ich fahre nicht mit zur Quästur, geht ihr dorthin. Ich gehe zu Rosina, ich will mich unbeobachtet bewegen und telefonieren können. Und ich will Albertini. Und ich will Silvia Alfieri.» Und ich will Valeria, dachte er, sagte es aber nicht. Vorne im Rückspiegel sah er immer noch Puglieses schmales Lächeln.

Achtes Kapitel

«Hallo, Valeria?»

«Nein, die Signora ist nicht im Haus. Sie ist ausgegangen und kommt erst später zurück. Wen darf ich ihr melden?»

«Das ist nicht nötig, danke, ich werde es später noch einmal versuchen.»

«Kommandantur der SS, wer ist am Apparat? ... Wen suchen Sie? ... Einen Moment, ich verbinde Sie mit dem Oberleutnant.»

«Leutnant De Bosio. Mit wem spreche ich? ... Kommissar De Luca ... Nein, hier ist kein Albertini ... Gestern? Ich weiß nicht, ich bin erst seit heute im Dienst. Bitte warten Sie einen Moment.»

«Feldwebel Di Matteo, wer ist am Apparat? ... Kommissar Albertini? Welcher Albertini? ... Ja, gestern ist einer von der Quästur hier gewesen, ich habe mit ihm gesprochen. Er hat nach Leutnant Alfieri gefragt und ist dann wieder gegangen ... Nein, er ist allein gegangen, der Leutnant ist nicht da, er hat Anspruch auf einen freien Tag ... Gestern haben sie einen weiteren Abwurf der Engländer in den Hügeln abgefangen, der den Rebellen galt. Das ist der vierte in diesem Monat ... Nein, ich weiß nicht, wo dieser Albertini hingegangen ist ... vielleicht weiß es Massobrio, einen Augenblick ...»

«Gefreiter Massobrio, zu Befehl ... Ja, ich habe ihn gesehen, er ist mit einem Legionär weggegangen, aber ich weiß nicht mehr mit welchem. Mir schien, sie später in einer Bar gesehen zu haben, aber ich bin mir nicht sicher ... Nein, draußen, in der Peripherie. Soll ich Sie mit dem Marschall verbinden? ... Hallo? Hallo?»

«Hallo, Valeria?»

«Nein, die Signora ist nicht im Haus. Wen darf ich ihr melden?»

«Weißt du, wo sie hingegangen ist, bitte?»

«Ich weiß nichts, die Signora ist ausgegangen und bisher noch nicht zurückgekehrt. Wen darf ich ihr melden?»

«Das ist nicht nötig, laß nur, es ist nicht wichtig.»

«Kommissar? Ich höre Sie so schlecht ... in dieser Stadt funktionieren alle Telefone außer die von der Quästur. Wie bitte? ... Nein, es gibt keine Neuigkeiten von Albertini, aber der Quästor hat angerufen. Er hat gesagt, wir sollen dranbleiben, wir seien auf der richtigen Spur und man müsse das Eisen schmieden, solange es noch heiß sei. Ein alter Hund habe einen guten Riecher, hat dieser Scheißkerl gesagt ... oh je, ich habe ganz vergessen, daß das Telefon abgehört wird. Und Sie? ... Was sagen Sie? ... Das mit den Abwürfen der Engländer ist interessant, Kommissar, sehr interessant, aber gefährlich ... Ich sagte gefährlich ... In Ordnung, auf Wiederhören, ich erwarte weitere Neuigkeiten ... Ich sagte Neuigkeiten! Gott, dieses Telefon geht einem auf die Nerven!»

«Elitegardist Anaclerico Antonio, verbinden Sie mich bitte mit der Kriminalpolizei ... Brigadier, in der Via Montanara liegt eine Leiche, sie haben sie in einen Straßengraben geworfen. Der Mann hatte seine Papiere bei sich, es ist wieder ein Polizist. Warten Sie, ich sehe gleich nach ... ja hier, er heißt Albertini.»

«Hallo, Valeria?»

Neuntes Kapitel

Vom hohen Gras fast verdeckt steckte er kopfüber im Graben. Von der Straße aus sah man nur seine Beine, die wie ein V gerade über den Grabenrand hinausragten. Die Hosenbeine waren heruntergerutscht und entblößten oberhalb der Socken seine weiße, nackte Haut, was den brutalen und gleichzeitig realen Eindruck erweckte, daß diese Schuhe in ihrer komischen Position in der Luft wirklich die einer Leiche waren.

De Luca blieb am Straßenrand stehen und sah in den Graben. Neben ihm gab Pugliese ein eigentümliches Geräusch von sich, das sich wie ein Flüstern anhörte, und atmete tief ein. Er hatte gerötete Augen. Marcon hingegen weinte offen.

«Ich fuhr mit dem Fahrrad vorbei und habe ihn dort gefunden», erklärte ihnen der Elitegardist Anaclerico. «Wer weiß, wie lange er schon hier liegt. In dieser Gegend würde niemand etwas sagen. Das hier lag auf seinem Rücken. Ich habe es an mich genommen, weil es sonst weggeflogen wäre.»

Er gab De Luca einen Zettel. Der mußte das Blatt festhalten, so stark flatterte es im warmen Wind. «Faschistenschwein» stand darauf. De Luca zeigte es Pugliese, der ihm einen schnellen Blick zuwarf und dann wieder Albertini ansah, wie er mit dem Kopf voran im Graben steckte, die Arme im zerdrückten Gras zu einem Kreuz ausgebreitet.

«Sie haben ihm eine Kugel in den Nacken gejagt. Die Partisanen waren es jedenfalls nicht», sagte er, «nicht bei Albertini.»

«Wieso?» fragte De Luca.

«Weil die Partisanen Albertini nie umgebracht hätten. Verlangen Sie bitte nicht von mir, mehr dazu zu sagen, Kommissar.»

De Luca beugte sich über den Graben und schob das Gras mit einer Hand beiseite, um Albertini besser betrachten zu können. Marcon stöhnte und entfernte sich eilig.

«Armer Albertini», seufzte Pugliese, «ohne es zu wollen, ist er in eine verdammt schmutzige Sache geraten. Wo doch in diesen Zeiten die Leute wegen viel weniger umgebracht werden. Das waren nicht Tedescos Leute, die hätten Sie und nicht ihn ermordet.»

De Luca nickte. «Ja», sagte er.

«Und wenn wir ohne die Unterstützung des Quästors zur Legion gehen und Fragen stellen, werden sie am Ende auch uns noch verhaften und umbringen.»

«Genau.»

«Was für ein Scheißjob. Und was machen wir jetzt?»

Das war keine rhetorische Frage, auch wenn beide die Antwort kannten. Aber die Antwort mußte von De Luca kommen.

«Wir gehen zu Alfieri. Ich würde sagen, daß es an der Zeit ist, die Familie kennenzulernen, diesen Littorio und seine Mutter … wir haben schon viel zu lange gewartet.»

«Aber der Quästor will, daß wir Sonia Tedesco schnappen. Er hat sogar angerufen …»

De Luca erhob sich mit einem unheilvollen Knacken in den Knien, das ihn taumeln ließ.

«Ich pfeife auf den Quästor», sagte er entschlossen, während er auf das Auto zuging.

«Bleib hier draußen stehen und laß niemanden raus, verstanden?»

Marcon nickte und lehnte sich gegen die Wand neben dem Eingang. De Luca klingelte. Sie warteten einige Sekunden.

«Ja?»

«Eine wichtige Mitteilung von der Partei, machen Sie bitte auf.»

Die Tür öffnete sich und De Luca stürzte hinein, wobei er eine alte Hausdame zur Seite stieß, die vor Angst zu keuchen anfing.

«Polizei! Wer ist im Haus?»

«Die Signora ist da, aber Sie ... aber Sie ...»

«Und Littorio Alfieri ... wo ist er?»

«Der Signorino ist nicht da ... er ist ausgegangen ...»

«Wo ist die Signora?»

Die Frau hob eine Hand und zeigte auf einen quadratischen Innenhof. Eine Treppe führte hinter einem kleinen, offenstehenden Eisentor nach oben. Pugliese nahm sie am Arm und zwang sie, mit ihm De Luca zu folgen, der bereits den Hof überquerte. Sie stiegen die Treppe hinauf, die von einem Gewölbe überdacht war, in dem das gedämpfte Echo eines Radios widerhallte. Dann blieben sie vor einer Tür stehen. Pugliese drückte die Frau gegen die Wand und legte eine Hand auf die Pistole in seiner Tasche. *Ma le gambe, ma le gambe*, erklang es aus dem Radio, *a me piacciono di più.* («Aber die Beine, die Beine gefallen mir noch viel mehr.») Ohne anzuklopfen, öffnete De Luca die Tür und trat ein. Mit offenem Mund sah ihn Silvia Alfieri überrascht an.

Sie sah tatsächlich so aus wie in den Beschreibungen: klein, mit Brille und langen glatten, schwarzen Haaren. Sie hatte ein feingeschnittenes Gesicht mit einem sehr intelligenten, bewegten und nervösen Ausdruck, der sich auch in ihren Händen mit den langen Fingernägeln und in den kleinen Augen zeigte, die hinter den Brillengläsern glänzten. Sie kniete gerade auf dem Teppich und verbrannte einige Papiere im Kamin.

«Ist Ihnen so kalt?» fragte De Luca.

«Wer sind Sie?»

«Polizei, Kommissar De Luca. Ich habe Ihnen einige Fragen zu stellen.»

«Verlassen Sie sofort mein Haus.»

Saran belli gli occhi neri, saran belli gli occhi blu … («Schwarze Augen mögen schön sein, blaue Augen mögen schön sein …»)

De Luca näherte sich dem Kamin und stieß mit der Schuhspitze einen Fetzen halbverbrannten Papiers, der auf den Teppich gefallen war, ins Feuer zurück.

«Ich brauche einige Erklärungen von Ihnen», sagte er, «etliche Erklärungen.» Er bot ihr seine Hand, um ihr beim Aufstehen behilflich zu sein. Sie ignorierte jedoch die Geste, stand auf und glättete den Rock an ihren Beinen. Sie mußte den Kopf nach hinten biegen, um ihn anzusehen, da sie viel kleiner war als er. De Luca versuchte sich vorzustellen, wie sie Rehinard erst ins Herz stach und dann …

«Ist Ihr Mann nicht zu Hause?»

«Mein Mann ist mit dem Duce in Mailand, und wenn er von Ihrem Hausfriedensbruch erfährt … Er erwartet mich, und ich habe es sehr eilig, weshalb ich Sie bitten muß, zu gehen, wenn Sie so nett sein würden.»

Due manine deliziose che ti sanno accarezzar … («Zwei reizende Hände, die dich zu streicheln verstehen …»)

De Luca setzte sich in einen Sessel und drehte dem Feuer, das ihn langsam zum Schwitzen brachte, den Rücken zu, während sich Silvia mit einem nervösen Ruck zur Tür wandte, von der aus Pugliese und die Hausdame dem Geschehen schweigend zusahen.

«Gianna», sagte sie mit schriller Stimme, «ruf sofort die Polizei an und verlange den Quästor!»

De Luca seufzte ruhig. «Sie haben es eilig zu gehen?» sagte er. «Nun, ich nehme Sie wegen Mordes an Vittorio Rehinard fest.»

Silvia Alfieri sperrte die Augen auf, die einen so schrecklich blöden Ausdruck annahmen, daß sich ihre Lippen zu einem Lächeln spannten.

«Sie sind ja verrückt!»

De Luca zog die Schultern hoch. «Kann sein. Jedenfalls nehme ich Ihnen erst mal Ihre Papiere ab, und dann lasse ich Sie eine Runde durch die Kommissariate machen, so das der Krieg vielleicht schon zu Ende ist, bevor der Quästor Sie findet.»

Ma due gambe un po' nervose ti faranno innamorar ... («Aber zwei leicht nervöse Beine verdrehen dir den Kopf ...»)

Silvia öffnete den Mund und versuchte, etwas zu sagen, aber es kam nur ein verzerrter Seufzer über ihre immer noch gespannten Lippen. Sie schaltete das Radio aus, ging auf ihren Bleistiftabsätzen schnell zur Tür und schlug sie Pugliese vor der Nase zu. Dann ging sie zu einem Tisch und nahm eine Zigarette aus einer Tasche. Sie zündete sie sich an, und die kleine Flamme des Feuerzeugs spiegelte sich in ihren Brillengläsern.

«Sie haben uns gerade noch gefehlt», sagte sie, während sie den Rauch ausstieß.

Sie setzte sich De Luca gegenüber in einen Sessel und beugte sich vor, indem sie die Ellbogen auf die Knie stützte. Es sah so aus, als könne sie nicht stillsitzen. Sie schaukelte ständig hin und her, obwohl sie nun ruhiger schien.

«Was wollen Sie wissen?» fragte sie.

«Sie haben Rehinard umgebracht.»

«Ist das eine Frage? Es scheint mir eher das Gegenteil zu sein. Ich bin mit Vittorio ins Bett gegangen, wie viele andere auch. Und es gefiel mir.» Sie stieß wieder den Rauch aus, und De Luca drehte den Kopf weg, um ihm auszuweichen.

«Entweder haben Sie ihn umgebracht, oder es war Ihr Sohn. Littorio und Rehinard handelten zusammen mit Morphium, das Littorio von den Abwürfen der Engländer hatte und Rehinard weiterverkaufte. Sie stritten, und Littorio hat Rehinard umgebracht. Und dann hat er einen von meinen Männern töten lassen.»

Das Lächeln auf Silvias Lippen spannte sich noch mehr, rund um den weißen Filter der Zigarette. Sie schlug die Beine übereinander und verdrehte dabei nervös einen Fuß.

«Entweder er oder Sie», sagte De Luca, «oder beide.»

Silvia stand auf und warf die Zigarette ins Feuer. Sie lehnte sich an den Kamin und drehte De Luca den Rücken zu. Ihre Strumpfnähte bewegten sich unaufhörlich, wie eine Welle.

«Sie haben überhaupt nichts verstanden», sagte sie, «und Sie haben gleichzeitig zuviel verstanden. Littorio hat nichts damit zu tun, er war an jenem Morgen im Dienst in den Hügeln.» Sie nahm sich wieder eine Zigarette und zündete sie an. «Mein Mann und seine Freunde täuschen sich», sagte sie, «sie glauben, sich einen Raum fürs *Danach* aushandeln zu können, dabei ist hier alles im Begriff, sich aufzulösen. Die Zeit wird knapp, und sie sind alle zu sehr kompromittiert. Dieser dumme Wettkampf mit Tedesco, wer besser und eher zur Kollaboration bereit ist ... Kollaborieren! Sobald die Front durchbrochen ist, schnappen sie sie und stellen sie alle an die Wand, ohne sie auch nur nach dem Namen zu fragen!»

Sie lachte. De Luca rutschte unbehaglich auf seinem Sessel hin und her. Diese Worte quälten ihn. Er bedeutete ihr, fortzufahren.

«Ich und Littorio hingegen wollten in die Schweiz gehen und zwar sofort, aber wir brauchten Geld dazu ... Deswegen haben wir uns auf die Geschäfte mit Rehinard eingelassen. Littorio verkaufte ihm das Morphium, und Rehinard brauchte ständig welches für seine Geschäfte. Er versorgte alle gutsituierten Familien der Stadt damit.»

De Luca verschränkte die Arme vor der Brust und lehnte sich zurück. Gut, das war wenigstens klar.

«Wo ist Littorio jetzt?»

Silvia blies den Zigarettenrauch in die Luft und zerteilte ihn wedelnd mit einer Hand.

«In Luft aufgelöst, weggeflogen ... er ist heute früh desertiert und zu den Partisanen übergelaufen.»

«Und warum haben Sie sich mit Rehinard gestritten?»

Silvia zog die Schultern hoch. Sie hätte irgend etwas sagen können, aber nun hatte sie schon zu reden begonnen und konnte sich nicht mehr halten. Sie zitterte vor Anspannung.

«Ich haßte Rehinard, aber er hatte so eine Art ... und dann war er ein so schöner Mann, daß ich immer wieder zu ihm zurückging. Ich wußte, daß er ein Bastard war, der mit allen Frauen ins Bett ging, aber es war mir egal. Wir hatten eine gegenseitige Abmachung: der Einfluß meines Mannes gegen seine Gefälligkeiten. Aber nachdem ich ihn mit Littorio bekannt gemacht habe, da hat er sich auch ihn ins Bett geholt. Der Bastard!» Silvia Alfieri schüttelte den Kopf und biß die Zähne zusammen. Sie warf auch die zweite Zigarette in den Kamin. «Als ich an jenem Tag zu ihm ging, wollte ich den Morphiumhandel beenden, da die Zeit drängte und wir abfahren wollten. Doch da habe ich ihn auf dem Boden vorgefunden. Ich habe ihn nicht getötet, auch wenn ich es gern getan hätte. Er war schon tot.»

«Das müssen Sie erst beweisen», sagte De Luca, aber er fühlte sich unbehaglich. Etwas störte ihn. Silvia zeigte auf den Kamin, die Blätter auf dem Teppich und die gepackten Koffer.

«Genügt Ihnen das nicht?» fragte sie mit jenem gespannten Lächeln, «glauben Sie wirklich, ich sei so dumm, dem Huhn mit den goldenen Eiern den Hals umzudrehen? Ohne den Unfall wäre ich um diese Zeit mit Littorio längst in der Schweiz statt hier Papiere zu verbrennen.»

Genau das war es, was De Luca störte. Plötzlich fühlte er sich hundemüde. Er fuhr sich mit einer Hand übers Gesicht, das völlig erhitzt war von dem absurden Feuer Ende April, und versuchte eine ganze Reihe quälender Gedanken zu verscheuchen.

«Mußten deshalb auch der Portier und seine Frau sterben», fragte er, «weil sie Sie aus Rehinards Wohnung kommen sahen, bevor sie ihn tot aufgefunden haben?»

«Der Portier hat mich am selben Morgen angerufen und wollte mich erpressen, der Dummkopf. Aber ich habe alles meinem Mann erzählt … Daß sie tot sind, wußte ich nicht, und es ist mir ehrlich gesagt auch vollkommen egal.» Silvia zuckte die Schultern und sah ihn verächtlich an. «Sind Sie jetzt zufrieden?» fragte sie. Dann kniete sie sich wieder auf den Teppich und fuhr fort, die Papiere zu verbrennen, so, als ob er nie dagewesen wäre. De Luca stand auf, schaltete das Radio wieder ein und ging leise zur Tür hinaus.

Bis zur Quästur sprachen sie kein Wort. Pugliese fuhr schweigsam und in Gedanken versunken, als ob er dem Motor des Autos zuhörte, und Marcon hatte unter der Hutkrempe seine übliche undurchdringliche Miene aufgesetzt. De Luca hatte keine Lust zu sprechen, er biß die Zähne zusammen und zitterte vor kalter Wut, so daß ihn wie im Fieber die Muskeln schmerzten. Er hatte das Bedürfnis, sich zu bewegen, zu handeln, irgend etwas zu tun, aber er wußte nicht was, die Fülle von Gedanken, die ihn bedrängte, verwirrte ihn.

Als sie vor der Quästur hielten, schaltete Pugliese den Motor aus und wandte sich zu De Luca um.

«Ich frage Sie nochmals, Kommissar. Was machen wir jetzt?»

De Luca zog die Schultern hoch, eine kurze und angespannte Bewegung, die ihn am Hals schmerzte, aber dann schüttelte er den Kopf, preßte die Lippen zusammen und zog ein finsteres Gesicht.

«Nein, verdammt!» murmelte er, «die Mörder von Albertini und Galimberti kriegen wir nicht mehr, aber den von Rehinard will ich haben! Denn wenn es auch sonst niemanden interessiert, mich interessiert es!»

Marcon sagte etwas und zeigte aus dem Fenster, aber De Luca war ganz in Gedanken versunken und hörte nicht zu, während

Pugliese ihn mit hochgezogenen Augenbrauen neugierig ansah.

«Wir waren das Werkzeug in einem politischen Kampf, und wir sind auf einen Drogenring gestoßen, den wir nun fallen lassen müssen», sagte De Luca. «Aber Rehinard ist etwas anderes. Wir haben noch viel zu tun, wir können eine Autopsie und Durchsuchungsbefehle verlangen und alle beschatten lassen, aber ernsthaft, dieses Mal ...»

Marcon war ausgestiegen und kam nun wieder zum Auto zurück. Er hatte eine Zeitung in der Hand, die er Pugliese durchs Fenster reichte.

«Dann sind weiterhin Leute zu verhören, unter Druck zu setzen ... Informanten müssen überprüft werden, und diesen Teufel von einem Brieföffner haben wir auch noch nicht gefunden ...»

«Wir haben den Fall gelöst, Kommissar.»

Mit offenem Mund hielt De Luca inne und richtete die Augen auf Pugliese.

«Den Fall? Wer sagt das?»

«Die Zeitung, die Extra-Abendausgabe. Wir haben hervorragend gearbeitet, und das alles in drei Tagen.»

Pugliese warf die Zeitung auf den Rücksitz. De Luca schaute sie verständnislos an. Zuerst sah er nur einen weißen undefinierbaren, aber eigenartig vertrauten Fleck, als er dann aber näher hinsah, erkannte er zwei Körper auf einem Bett, auf einem weißen Laken. Erst als er die Schlagzeilen las, begriff er, daß es sich um Sonia Tedesco handelte.

Aber was soll das bedeuten? fragte er sich. «Was bedeutet das?» sagte er laut.

«Das bedeutet», antwortete Pugliese und las über De Lucas Schulter hinweg laut vor, «daß sich die kleine Sonia und ihr Verlobter, ‹durch die Überwachung des brillanten Kommissars De Luca in die Enge getrieben›, heute vormittag vergiftet haben, was ‹eindeutig deren Schuld im Mordfall› jenes Hurensohnes Vittorio Rehinard ‹beweise›. Kompliment, Kommissar, der Fall ist abgeschlossen. Was meinen Sie, werden wir viel Lob ernten?»

De Luca warf die Zeitung wütend aus dem Fenster. «Warum?» fragte er, «warum haben sie sich nur umgebracht?»

«Vielleicht weil sie verzweifelt waren, Kommissar. Wie sollten sie denn zu Morphium kommen, wenn immer die halbe Quästur hinter ihnen her war? Aber die Zeitung erwähnt das Morphium nicht, da steht nur was von Orgien und lasterhaften Riten. Ich glaube nicht, daß wir nochmal eine Autopsie haben können.»

De Luca verbarg seufzend sein Gesicht zwischen den Händen und ließ die ganze bebende Kraft, die kurz vorher die Wut in seinen Körper gesetzt hatte, durch die Finger entweichen. Noch nie hatte er sich so müde, so matt gefühlt, und am liebsten hätte er sich jetzt wie ein Radio ausgeschaltet, um sich erst am nächsten Tag wieder mit abgekühlten Röhren einzuschalten, nach einer Nacht tiefen Schlafs.

«Der Quästor wird Sie sehen wollen», sagte Pugliese, «und Vitali auch.»

«Aber ich will *sie* nicht sehen.» De Luca gab Pugliese ein Zeichen, aus dem Auto auszusteigen, und kletterte auf den Fahrersitz.

«Aber was soll ich ihnen sagen, wenn sie Sie suchen?»

«Sagen Sie ihnen, daß ich müde war und nach Hause gegangen bin. Das habe ich mir doch verdient, oder? Ich habe einen Fall in nur drei Tagen gelöst.»

De Luca träumte, daß er schlief, und erwachte plötzlich; ein metallisches Geräusch, das Schließen einer Tür, hatte ihn schmerzhaft aus seinem unbequemen Halbschlaf gerissen. Im gedämpften Licht öffnete er die Augen und fragte sich einen Moment lang, wo er war. Die bunte Glastür erinnerte ihn daran, daß er sich im

Vorzimmer von Valerias Wohnung befand, wo er auf einem Sofa saß und, den Kopf auf einen Arm gestützt, eingeschlafen war. Eine Bewegung hinter den Scheiben, ein undeutlicher Schatten, gab ihm zu verstehen, daß gerade jemand hereingekommen war.

«Valeria», rief De Luca und schüttelte seinen eingeschlafenen Arm. Er trat in die Wohnung, aber sie ging gleichgültig an ihm vorbei, wandte ihm den Rücken zu und verschwand in ein Zimmer. Er folgte ihr, blieb aber auf der Schwelle stehen, da es das Schlafzimmer war und sie gerade die Jacke ihres Kostüms aufknöpfte.

«Die Tür war offen», sagte De Luca zu dem gleichgültigen Rücken, «ich habe auf dich gewartet und bin dabei eingeschlafen. Es muß schon spät sein.»

«Es ist fast Morgen», erwiderte Valeria, ohne sich umzudrehen. Sie ließ ihre Jacke auf das Bett fallen und begann, die Bluse aufzuknöpfen, aber dann hielt sie plötzlich inne.

«Ich bin sehr müde», sagte sie, «und möchte ins Bett. Würdest du bitte gehen?»

«Ich muß mit dir reden.» De Luca wurde sich bewußt, daß er dies fast in einem jammernden Ton gesagt hatte.

«Ich will aber nicht mit dir reden. Ich will dich nie wieder sehen.» Sie fuhr fort, ihre Bluse aufzuknöpfen. Von hinten sah De Luca nur ihre Schultern und den weißen Hals, den die roten, im Nacken zusammengebundenen Haare frei ließen. Sie hob und senkte ihre Fersen, als sie die Schuhe abstreifte.

«Bist du immer noch da?» fragte sie.

De Luca antwortete nicht. Die Fenster des Zimmers waren geschlossen. Es war fast dunkel und eine graue schwere Dämmerung weckte in ihm das absurde Verlangen, sich auf das Bett zu werfen, dort zu liegen wie die unordentlich hingeworfene Jacke, sich einzurollen wie ein Fötus und mindestens hunderttausend Jahre zu schlafen. Statt dessen machte er einen Schritt nach vorne und preßte die Lippen aufeinander, denn eine blinde Wut stieg in ihm hoch, und mit einer entschiedenen Geste fegte er die Oberfläche einer Kommode leer und warf alles auf den Boden. Valeria drehte sich mit einem Ruck um und blickte ihn erschrocken an.

«Du bist ja verrückt!» flüsterte sie.

«Vielleicht», sagte De Luca, «oder vielleicht bin ich auch nur müde.»

«Dann geh nach Hause. Oder geh zurück in die Quästur und hol dir noch eine Medaille.»

«Du bist eine blöde Gans.»

«Und du ein Mörder», murmelte Valeria, worauf er sie plötzlich ohrfeigte, ein schneller, kurzer Schlag mit dem Handrücken, der ihr Gesicht auf die Schulter schleuderte. Seine ganze Wut entlud sich in dieser Bewegung. Er fühlte sich leer und lächerlich. Sein Arm hing nun regungslos herunter, seine Finger brannten. Valeria stand mit zur Seite gewandtem Kopf da und atmete tief durch die halbgeöffneten Lippen, ihre Brust hob und senkte sich schwer unter der offenen Bluse.

«Für mich ist es so, als ob du Sonia getötet hättest», sagte sie, «und den anderen Unglücklichen auch.»

«Es sind viele Leute in dieser Geschichte gestorben», sagte De Luca.

«Genau, und wofür? Für einen Bastard wie Rehinard? Wie ekelhaft ... Aber jedenfalls ist dein Fall jetzt abgeschlossen, oder? Du wirst nun etwas anderes finden müssen, um die Lebensmittelkarten vergessen zu können.»

De Luca schüttelte den Kopf. «Es bleibt noch alles aufzudecken», sagte er, «und ich habe dir viele Fragen zu stellen.»

«Ich werde dir nichts sagen.»

«Du mußt es aber tun.»

«Und warum? Was hast du mit mir vor? Fesselst du mich an einen Stuhl und brennst mich mit einer Zigarette, wie du es früher getan hast?»

«Das habe ich nie getan!» schrie De Luca und ballte die Fäuste. «Gewisse Dinge habe ich nie gemacht! Ich habe nur meinen Beruf ausgeübt, ich bin Polizist, das ist alles!»

Valeria sah ihn mit einem Lächeln an. Ein böses Leuchten erschien in ihren Augen, die hinter einer roten Locke versteckt lagen, die ihr durch die Ohrfeige in die Stirn gefallen war. Sie sah wirklich aus wie eine Hexe.

«Erzähl das mal den Partisanen», flüsterte sie.

De Luca setzte sich aufs Bett und stützte die Arme auf seine Knie. Todmüde seufzte er.

«Soviel wir wissen, seid ihr an jenem Morgen zu dritt im Haus von Rehinard gewesen», sagte er hartnäckig. «Als erste Sonia und zuletzt Silvia Alfieri, aber da war Rehinard schon tot. Du könntest ihn umgebracht haben.»

Valeria antwortete nicht. Sie schaute ihn nur an, undurchdringlich, mit dem unerträglichen Leuchten in den roten Augen und der ironischen Falte um die Lippen.

De Luca richtete seine Augen auf sie, auf diese zerzauste Hexe, die gerade ins Bett gehen wollte, in offener Bluse und halbgeöffnetem Rock. Er streckte einen Arm aus, nahm sie am Handgelenk und zog sie zu sich.

«Nenn mir wenigstens ein Motiv», bat er, während sie versuchte, das Gleichgewicht zu halten und nicht auf ihn zu fallen, «nenn mir wenigstens ein Motiv, das ausschließt, daß du ihn getötet hast.»

Valeria entzog sich ihm, indem sie ihren Arm mit Gewalt seiner Hand entriß. «Nenn du mir doch ein Motiv!» schrie sie. «Warum sollte ich es gewesen sein? Gib du mir einen Grund, das ist doch deine Aufgabe! Rehinard war mir vollkommen egal ... ich haßte ihn nicht einmal, denn nicht einmal das verdiente er. Ob er lebte oder tot war, interessierte mich nur, wenn ich ihn besuchte, denn das, was er konnte, konnte sonst niemand!»

De Luca senkte die Augen und errötete, ohne es zu wollen. Sie knöpfte ihren Rock ganz auf und machte dann einen Schritt, um aus dem Stoffring, der zu Boden gefallen war, zu steigen. Sie begann das Bett herzurichten, so als sei er nicht da.

«Wo warst du gestern abend?» fragte De Luca und vermied es, sie anzusehen. Neben sich roch er ihren Duft und hörte das Rascheln ihres Unterrocks. Er wollte einen Arm ausstrecken und sie berühren, sie streicheln, aber er hatte nicht mehr den Mut dazu.

«Ich war weg», antwortete sie, «aber ich habe diesmal niemanden umgebracht. Aber wenn du willst, kannst du mich ja wegen Abtreibung festnehmen.»

De Luca hob den Kopf, und sie sah ihn über ihre Schulter hinweg an, über das zurückgeschlagene Laken gebeugt.

«Keine Sorge», sagte sie verächtlich, «es ging nicht um mich, sondern um ein Mädchen, dessen Verlobter sie in anderen Umständen sitzen ließ.» Sie lächelte und brachte kopfschüttelnd ihr Kopfkissen in Ordnung. «Und welch ein Zufall! Es war ausgerechnet die Hausangestellte deines Freundes Rehinard.»

De Luca verkrampfte sich, während ein kalter Schauer seinen Körper durchzog und er eine Gänsehaut bekam.

«Assuntina?» fragte er mit rauher Stimme.

«Ja, Assuntina, auch für sie bin ich wie eine Tante. Ihr Verlobter wurde vor ein paar Tagen von den Deutschen gefaßt, sie wollte zu einem Arzt, und ich habe sie hingebracht.»

«Ihr Verlobter ist seit vier Jahren an der Front», murmelte De Luca. Valeria hielt inne und wandte sich zu ihm um. Ihr Gesicht erstarrte.

«Nein», sagte sie, «nein, bitte.»

De Luca erhob sich mit einem Ruck, schwang eine Faust in der Luft, preßte die Lippen zusammen und schlug sich heftig gegen die Stirn.

«Bin ich blöd», preßte er zwischen den Zähnen hervor, «Gott, bin ich blöd!»

Er machte einen Schritt auf die Tür zu. Valeria versuchte, ihn an einem Arm zu fassen. Aber sie berührte nur gerade leicht mit den Fingern den Stoff seines Regenmantels und konnte ihn nicht mehr aufhalten.

«Wohin gehst du?» fragte sie, «was hast du vor?» Aber er schien sie nicht zu hören; er schüttelte den Kopf und murmelte weiterhin «bin ich blöd» vor sich hin, wie ein Idiot. Sie sah ihn weggehen und versuchte, ihm bis zur Treppe hinterherzurennen, barfuß und im Unterrock. Aber es war bereits zu spät. Sie hörte nur noch, wie die Eingangstür ins Schloß fiel.

Zehntes Kapitel

Sie faßten sie noch am selben Morgen, als sie für Brot vor der einzigen geöffneten Bäckerei Schlange stand. Als Assuntina sie ernst und bestimmt aus drei verschiedenen Richtungen auf sich zukommen sah, begriff sie sofort, was sie wollten, und versuchte nicht einmal zu fliehen. Regungslos blieb sie stehen und sah erst mit einem etwas verlorenen Ausdruck um sich, als sie sie an den Armen packten, auf jeder Seite einer, und Pugliese ihr schnell die Handschellen anlegte. Dann brachten sie sie zum Auto, wo sie De Luca, an die Tür gelehnt und mit vor der Brust verschränkten Armen, erwartete.

An jenem Morgen war sie zu Rehinard gegangen, um ihm zu gestehen, daß sie schwanger war. Sie selbst hatte es an jenem Tag erfahren, an dem er sie entlassen hatte, aber sie hatte gezögert, unschlüssig, was sie tun sollte, ohne es jemandem zu sagen, da ihr Bruder sie umgebracht hätte, sobald er aus dem Gefängnis gekommen wäre. Nur der Portier hatte sie kommen sehen. Rehinard hatte sich geärgert, weil es noch sehr früh gewesen war, aber er hatte sie wortlos hereingelassen. Sie hatte sich wie immer verhalten, hatte alles geputzt und sein Bett gemacht, weil sie ihm zeigen wollte, wie es wäre, wenn er sie behalten würde. Sie hatte auch mit ihm zu reden versucht, aber es waren alle jene Frauen gekommen, die sonderbare Blonde und ihre Freundin Valeria, weshalb sie sich im Schlafzimmer versteckte. Schließlich hatte sie ihm – mit Mühe, da sie sich schämte – gestehen können, daß sie ein Kind von ihm erwartete. Rehinard hatte sich nicht aufgeregt, wie sie es erwartet hatte. Er hatte sie weder umarmt, wie sie gehofft hatte, noch hatte er sie weggeschickt. Er hatte nur zu lachen angefangen, er hatte nur gelacht, sonst nichts, und jedes Mal, wenn er sie wieder angesehen hatte, hatte er noch mehr gelacht. Es hatte so ausgesehen, als wolle er nie mehr damit aufhören. Da hatte sie den Brieföffner genommen, der auf dem Tisch lag, und hatte zugestochen, direkt ins Herz, wie es ihr Bruder ihr einmal beigebracht hatte, von unten nach oben, die Klinge fest in der Hand. Als er bereits am Boden lag, hatte sie noch einmal mit dem Messer Hand an ihn gelegt, mit der ganzen Wut, die sie trieb und die sie kalt und unsensibel gemacht hatte, hart wie Stein. Dann war sie gegangen, hatte die Tür offen gelassen und war nach Hause zurückgekehrt. Erst später hatte sie den Brieföffner bemerkt, den sie noch in der blutigen Faust hielt, woraufhin sie ihn wie eine dumme Gans weggeschmissen hatte, in einen Hauseingang, den sie ihnen nannte, und tatsächlich, als sie ihn suchen gingen, fanden sie ihn genau dort auf dem Boden, mit eingetrocknetem Blut an der Klinge.

Bei ihr zu Hause wußte niemand etwas davon, nicht einmal ihre Mutter und auch ihr Bruder nicht, den das alles nichts anging. Als sie alles gebeichtet hatte, verstummte Assuntina, sie preßte die Lippen zusammen. Auch unter Folter hätte sie kein Wort mehr gesagt.

«Es war so einfach!» sagte De Luca fröhlich vom Vordersitz aus, «das Verbrechen eines armen kleinen, beleidigten und eifersüchtigen Dienstmädchens! Aber wenn ein Typ wie Rehinard mit all seinen Geschäften im Spiel ist, wird alles kompliziert, und es ergeben sich unendlich viele Möglichkeiten. Wäre Rehinard nicht der gewesen, der er war, hätten wir den Fall sofort gelöst.»

«Und es wären dabei nicht so viele Leute umgebracht worden», sagte Pugliese finster, der zusammen mit einer stummen und tauben Assuntina auf dem Rücksitz saß. Ihre zierlichen Handgelenke steckten in Handschellen. De Luca hörte ihm nicht zu. Er fühlte sich euphorisch und hatte Hunger bekommen.

«Ich kann es kaum erwarten, sie dem Quästor vorzuführen», sagte er zufrieden, «eine geständige Schuldige! Von wegen, er mit seinen absurden Geschichten! Ich will sie sehen, ihre Gesichter, seins und das des anderen Hurensohns Vitali!»

«Was machen wir, Kommissar, wollen wir sie wirklich einsperren?» fragte Pugliese. De Luca wandte sich um und sah ihn über die Schulter hinweg an.

«Was sind das für Fragen, Polizeimeister?» sagte er ruhig. «Natürlich bringen wir sie hinter Gitter, sie ist eine Mörderin. Ich kann sie doch nicht laufen lassen, Pugliese, ich bin Polizist.» Pugliese seufzte, und De Luca warf einen schnellen Blick auf Assuntina, die mit erhobenem Kinn und starrem Blick dasaß. Dann sah er wieder aus dem Fenster und dachte an den Quästor und daran, was er ihm sagen würde. Er fühlte sich so zufrieden und entspannt, daß er dachte, er könnte vielleicht Valeria anrufen, sich aussprechen, sich vielleicht entschuldigen ... Da bemerkte er etwas Eigenartiges auf der Straße, was er, in Gedanken versunken, nicht gleich begriff. Doch dann, als er genauer hinsah, erkannte er, was es war.

«Warum sind denn die Läden um diese Zeit geschlossen?» fragte er, und auch Pugliese schaute hinaus. Sie sahen einen Lastwagen der Republikanischen Garde voller Soldaten vorbeifahren. Er fuhr jedoch weiter, anstatt die Läden zum Öffnen anzuweisen.

«Das ist höchst eigenartig», sagte Pugliese. Ein Auto überholte sie hupend und stoppte gleich darauf mit kreischenden Bremsen, fuhr im Rückwärtsgang zurück und versperrte ihnen die Straße. Hauptmann Rassetto stieg aus dem Auto, blieb aber an die Wagentür geklammert auf dem Trittbrett stehen.

«De Luca!» schrie er, «sei kein Dummkopf, De Luca, komm mit uns!»

De Luca lehnte sich aus dem Wagenfenster, überrascht und ein bißchen besorgt.

«Mit euch mitgehen? Aber ich bin auf dem Weg zur Quästur. Ich habe gerade meinen Fall gelöst, und der Quästor ...»

«Sei kein Dummkopf, De Luca», wiederholte Rassetto, «die Alliierten haben heute früh den Po überquert, wir verschieben uns alle Richtung Norden. Dein Vorgesetzter wird inzwischen in Mailand, wenn nicht gar schon in der Schweiz sein.»

De Luca zog den Kopf wieder ins Auto zurück. Die plötzliche Angst lähmte seine Zunge, er stotterte fast und schluckte einmal leer, bevor er sprach.

«Ich ... ich habe nichts mit ihnen zu tun», sagte er. «Ich habe jemanden verhaftet und muß zur Quästur ... dort ist mein Platz, ich bin Polizist.»

Er drehte sich um, um Pugliese anzusehen, der ihn wortlos und ohne zu lächeln beobachtete, mit seinen kleinen schmalen Augen über seiner Habichtnase, dem von Brillantine glänzenden Kopf und dem Hut auf den Knien.

«Pugliese», sagte De Luca, «Sie *wissen* es ... ich weiß, daß Sie es *wissen.* Was geschieht, wenn ich ... was passiert mir, wenn ich bleibe?»

Pugliese rührte sich nicht, er kräuselte nur ein wenig die Lippen. Einen so ernsten Ausdruck hatte De Luca noch nie bei ihm gesehen. «Sie sollten besser gehen, Kommissar», sagte er leise, fast flüsternd. «Es ist besser so.»

De Luca senkte den Blick und fuhr sich mit einer Hand über das Gesicht. Der Fahrer von Rassettos Wagen hupte zweimal.

«Es ist besser so», wiederholte De Luca, «es ist besser, wenn ich gehe, ja.» Er öffnete die Wagentür und hatte schon ein Bein draußen, als Pugliese ihn am Arm nochmals zurückhielt. Er streckte ihm die offene Hand hin.

«Es tut mir leid, Kommissar. Viel Glück.»

De Luca drückte seine Hand und nickte kurz mit dem Kopf, dann stieg er aus und rannte zum anderen Auto, das ihn mit laufendem Motor und offener Tür erwartete und, ohne ihm Zeit zu lassen, die Tür zu schließen, dröhnend und schnell Richtung Norden losfuhr.

NACHWORT

DIE REPUBLIK VON SALÒ

Katrin Schaffner

Die an Merkwürdigkeiten reiche Geschichte Italiens wurde durch die Konstituierung der *Repubblica di Salò* zum Ende der faschistischen Herrschaft um eine Kuriosität bereichert, die typisch für die Zerrissenheit des Landes zum Ende des Zweiten Weltkrieges war. Daß Carlo Lucarelli gerade jenen Zeitraum zum Ausgangspunkt der Handlung für seinen großartigen Roman und zur Einführung seines Romanhelden nimmt, ist kein Zufall. Es ist jener Augenblick, bei dem sich der italienische Faschismus schon nicht mehr auf seine soziale und politische Basis, seinen Populismus berufen kann, sondern seine Hauptfigur Mussolini längst zu einer Marionette von Hitlers Gnaden geworden ist. Und es ist eine Zeit des Umbruchs, die bereits die Züge der Nachkriegsgesellschaft in sich trägt, nämlich einer Gesellschaft, die mit dem Faschismus abrechnet.

Vorausgegangen sind diesem Zustand – kurzgefaßt – jene Ereignisse, die den italienischen Faschismus endgültig an die Seite des deutschen Nationalsozialismus trieben und ihm letztlich jener ideologischen Kraft beraubten, die ihn – beginnend mit dem legendären Marsch auf Rom 1922 – zur wichtigsten politischen Kraft in Italien werden ließ.

Im Windschatten der Nazis wollte Mussolini nichts weniger als die Vorherrschaft im gesamten Mittelmeerraum. Mit der Besetzung Abessiniens 1935/1936 und der Unterstützung des spanischen Putschisten Franco im Spanischen Bürgerkrieg hoffte die faschistische Spitze Italiens auf imperialen Ruhm. Aber Mussolini merkte nicht, daß er längst nicht mehr der Akteur des Geschehens war und die Fäden nun woanders gezogen wurden. Mochten alle Verträge ab 1936, die das faschistische Italien an Nazi-Deutschland banden (Achse Berlin–Rom 1936, Stahlpakt 1939), für sich genommen noch als begründbare Konzessionen an einen stärkeren Partner angesehen werden, um seine eigenen Wege zu gehen, so mußte mit dem Kriegseintritt Italiens im Juni 1940 der Tribut bezahlt werden. Er markiert im Grunde genommen das Ende einer zwar diktatorischen und terroristischen, gleichwohl bis dahin von breiten Teilen der Bevölkerung aber akzeptierten nationalistischen Bewegung. Und tatsächlich: Der Kriegseintritt führte nur dazu, daß auch Italien für die Nazi-Herren Kanonenfutter zu stellen hatte. Am Ende dieser Entwicklung stand die Invasion der Westalliierten, die im Juli 1943 mit der Besetzung Siziliens ihren Anfang nahm.

Folgerichtig wurde Benito Mussolini auch am 25. Juli 1943 durch einen Staatsstreich des Königs Vittorio Emanuele III. und der militärischen Führung gestürzt und gefangengenommen. 45 Tage später, am 8. September, gab Italien offiziell seine Kapitulation vor den Alliierten bekannt.

Daß Mussolini nach mehr als zwanzigjähriger Herrschaft so leicht gestürzt werden konnte, hing nicht nur mit der allgemeinen Kriegsmüdigkeit der italienischen Bevölkerung, der militärischen Krise und der Nahrungsmittelknappheit zusammen, sondern war vor allem auf die Opposition zurückzuführen, die sich nach dem Kriegseintritt innerhalb der faschistischen Reihen allmählich gebildet hatte. Unter den Konservativen, der tragenden Kraft des Regimes, wollten einige die Monarchie erhalten, während Armee, Hochfinanz und Großindustrie durch die drohende militärische Niederlage ihre eigene Machtposition gefährdet sahen. Die gemäßigteren Faschisten um Dino Grandi und

Galeazzo Ciano forderten daher ein sofortiges Kriegsende; die Fraktion von Carlo Scorca und Roberto Farinacci hingegen trat für eine noch engere Anbindung an Deutschland ein.
Nach dem Sturz Mussolinis wurde Pietro Badoglio, der ehemalige Chef des italienischen Gesamtgeneralstabs, vom König mit der Neubildung der Regierung beauftragt. Badoglio stellte in Rom ein Kabinett ohne Faschisten zusammen und schloß kurz darauf mit den Alliierten einen separaten Waffenstillstand. Am 9. September wurde Mussolini jedoch auf Befehl Hitlers durch deutsche Fallschirmjäger in einer Kommandoaktion aus der Gefangenschaft befreit und gründete mit deutscher Unterstützung in Salò am Gardasee eine neuen faschistischen Staat: die *Repubblica Sociale Italiana (RSI)* oder *Repubblica di Salò*.
Italien hatte bis 1943 insofern eine Sonderstellung unter den Kriegsparteien eingenommen, als es – im Gegensatz zu Japan und einigen nationalistischen Marionettenregimen – der einzig wirkliche Bündnispartner des Dritten Reichs gewesen war. Die von der Regierung Badoglio geheim geführten Waffenstillstandsverhandlungen mit den Alliierten sollten verhindern, daß Italien nach der Kapitulation von den Deutschen besetzt würde.
Die Nazis hatten sich aber schon längst auf das Ausscheiden ihres Verbündeten eingestellt und dessen militärische Besetzung geplant. Doch mit der Gründung der *RSI* zeigte sich rasch, daß unter den Italienern noch zahlreiche kollaborationswillige Kräfte vorhanden waren. Das vom nationalsozialistischen Deutschland besetzte und gleichzeitig formal unabhängige faschistische Nord- und Mittelitalien erhielt somit den Status eines besetzten Bündnispartners. Im Mai 1944 verloren die Deutschen ihre mittels einer militärischen Blockade gehaltene Stellung in Mittelitalien und mußten sich nach Norden zurückziehen. So kam es, daß Italien in den letzten anderthalb Jahren des Zweiten Weltkriegs in drei Teile gespalten war: den von den Alliierten befreiten Süden, der vom Kabinett Badoglios regiert wurde, das von Hitler-

Deutschland bis 1944 besetzte Mittelitalien und den von Mussolini unter deutschem Protektorat regierten Norden.
Schon früh hatte sich in Mittel- und Norditalien die sogenannte *Resistenza,* der Widerstand gegen die faschistische Herrschaft, gebildet. Während man in Mittelitalien vor allem gegen die deutsche Besatzung kämpfte, richtete sich die *Resistenza* im Norden auch gegen die eigenen Faschisten und führte de facto einen Bürgerkrieg.
Nach der Bekanntgabe des Waffenstillstandes wurde ein zentrales Komitee der Nationalen Befreiung, das *Comitato di Liberazione Nazionale (CLN)* gegründet, das sich bereits vor dem 25. Juli im Untergrund formiert hatte und dem sich alle antifaschistischen Parteien anschlossen. Zur Zentrale wurde das Norditalienische Befreiungskomitee, das *Comitato di Liberazione Alta* Italia *(CLNAI)* in Mailand.
Der größte Teil der Partisanenbewegung bestand aus Soldaten der italienischen Armee, die sich der von der NS-Führung angeordneten Deportation nach Deutschland (zur Zwangsarbeit) hatten entziehen können und sich nun mit der deutschen Besatzung und dem italienischen Faschismus konfrontiert sahen. Patrioten oder Badoglio-Anhänger wurden die zahlreichen Ex-Soldaten genannt, die keine besonderen ideologischen Absichten hegten. Hinzu kam eine kleinere Zahl ideologisch gefestigter und kämpferischer Gruppierungen, die den Kommunisten, Sozialisten und Linksliberalen angehörten. Hilfreich für die Partisanenbewegung war die hügelige Gebirgslandschaft, die ihr Rückzugsmöglichkeiten bot, aber auch die breite Unterstützung durch die Zivilbevölkerung. Die Widerstandsbewegung war Ausdruck eines starken Freiheitswillens der Bevölkerung, und sie wurde von einer breiten Schicht, von den politischen Parteien über das Bürgertum bis hin zu Arbeitern und Bauern, getragen.
Aus der Sicht der NS-Führung war Italien nach 1943 zu einer Marionettenregierung geworden. Durch gezielte Infiltrierung des

Landes mit Hilfe von NS-Sonderstäben suchte man die Republik von Salò politisch zu steuern; der Verbündetenstatus war geeignet, diese Strategie zu verschleiern. Doch darf nicht vergessen werden, daß die faschistische Regierung unter Mussolini selbst ein nicht zu unterschätzendes Repressionspotential besaß und mitunter auch Befehlen von seiten der Nazis zuwiderhandelte, wodurch Interessenkonflikte zwischen den Bündnispartnern entstanden. Die oftmals kumulierenden Anordnungen und Befehle verschiedener politischer Ressorts – auch unter den deutschen Befehlshabern selbst – führten zu einem regelrechten Kompetenzenchaos innerhalb der Republik.

Mit der Ernennung des Reichsbevollmächtigten Ribbentrop, des Polizei-Sonderberaters Himmler und des Militärbefehlhabers Keitel, deren direkte Vertreter in Italien an den obersten Schaltstellen saßen, wurde das besetzte Gebiet politisch gesteuert. Für dieses im Zweiten Weltkrieg einzigartige Nebeneinander von Bündnis und Besatzung war typisch, daß die Republik einerseits von der NS-Führung in Deutschland gelenkt wurde, andererseits aber einen erheblichen Spielraum für die Durchsetzung faschistischer Befehle besaß und auch wahrnahm – es wurde mitunter auch freie Hand gewährt –, was vielfach Kompetenz- und Interessenkonflikten und einem undurchsichtigen bürokratischen Apparat Vorschub leistete.

Mussolini seinerseits versuchte, innerhalb der *RSI* ein neues eigenes Heer auf die Beine zu stellen, da die italienische Armee nach der Kapitulation aufgelöst worden war. Sein Versuch scheiterte allerdings; die Deutschen taten alles, um die italienischen Soldaten ihrer Wehrmacht einzugliedern und degradierten sie damit zu Hilfsverbänden. Aus diesem Grund setzte Mussolini in der Folge auf die Miliz.

Aus der Neuformation der Miliz entstand die Nationale Republikanische Garde, die *Guardia Nazionale Repubblicana (GNR).* Diese sollte in erster Linie polizeiliche Funktionen wahrnehmen.

Allerdings geriet sie bald in Konflikt mit dem Innenministerium einerseits, das ebenfalls für die öffentliche Sicherheit zuständig war: Der Leiter des Innenministeriums war gleichzeitig Chef der Polizeibehörde, der *Pubblica Sicurezza*. Ihr gehörten verschiedene Polizeikorps an, welche teils den Generalkommandos der Miliz, teils dem Kriegsministerium unterstanden. Auf Provinzebene wurde den Präfekten (politische Verwaltungsbeamte) jeweils ein Polizeipräsident *(Questore)* unterstellt, der wiederum Chef einer Anzahl teilweise militärisch geführter Polizeibeamten war. Über den Präfekten gelangten die Anweisungen des Innenministeriums an den örtlichen Quästor. Auf Gemeindeebene schließlich gab es Polizeiämter, die sogenannten *Uffici di Pubblica Sicurezza*, und in den kleineren Gemeinden lag die Polizeigewalt bei den Bürgermeistern, denen Carabinieri zur Seite standen. Es herrschte somit eine klare Kompetenzenverteilung – aber gerade zwischen politischer und polizeilicher Instanz entstanden oftmals Differenzen, die die Handlungsfähigkeit erheblich behinderten.

Auf der anderen Seite geriet die *GNR* in Konflikt mit der Faschistischen Partei, der sich Aktionskommandos, die sogenannten *squadre d'azione*, angeschlossen hatten. Das waren Polizeibanden, die mit brutalsten Terroraktionen, Raubzügen und Folterungen gegen Partisanen und Zivilbevölkerung vorgingen. Zu ihnen gehörte unter anderem die politische Brigade Ettore Muti. Auch innerhalb der *GNR* herrschte Uneinigkeit: Sie war ein heterogenes Konstrukt aus Alt-Miliz und Carabinieri, die zuvor dem Kriegsministerium unterstellt gewesen waren. Ein neuerlicher Versuch, einen homogenen Milizverband aufzustellen, sollte ebenfalls scheitern: Die Schwarze Brigade *(Brigate Nere)*, reihte sich als weitere militärische Organisation unter die bereits bestehenden ein, die sich gegenseitig die Mitglieder streitig machten.

Ebenfalls eine bedeutende Eliteeinheit war der Kampfverband *Decima MAS* (vor 1943 eine bedeutende Marine-Waffeneinheit),

der gegen die Partisanen und bei Gestapounternehmungen kämpfte.
Nachdem die Italien-Invasion der Alliierten die Stellung der Faschisten in Mittelitalien durchbrochen hatte, rückte sie langsam nach Norden vor und besetzte im Juni 1944 Rom. Am 17. April demissionierte die Regierung Badoglio, und unter der Führung des Kommunisten Togliatti wurde ein neues Kabinett aus der bisherigen Opposition zusammengestellt. Togliatti wurde nur zwei Monate später durch Bonomi abgelöst, als auch der König zurücktrat und seine Regierungsrechte an den Kronprinzen Umberto weitergab.
Ende April hatten die Partisanengruppen die meisten Städte Norditaliens erobert, und die Volksaufstände gegenüber den Faschisten erreichten ihren Höhepunkt. Am 28./29. des Monats kapitulierte die deutsche Armee vor den Alliierten. Aber da war Mussolini schon nicht mehr im Spiel. Bereits einen Tag vorher wurden er und seine Geliebte von Partisanen bei ihrer Flucht in die Schweiz entdeckt und in Giulino di Mezzegra bei Como erschossen. Ihre Leichen hängte man auf dem Marktplatz an den Füßen auf. Die Erschießung Mussolinis war der Anfang einer großen, monatelangen Säuberungsaktion, der *Epurazione,* von den Faschisten. Der politische Geist der *Resistenza* wurde weitergetragen und ebnete schließlich den Weg für eine demokratische Republik in Italien.

Carlo Lucarelli
Der rote Sonntag

Ein Fall für Commissario De Luca. Aus dem Italienischen von Monika Lustig. 200 Seiten. Klappenbroschur.

Commissario De Luca schlägt den Mantelkragen hoch. Ein kühler Wind weht durch das regennasse Bologna. Es ist der April des Jahres 1948. Nervosität und die lähmende Spannung der ersten demokratischen Wahlen liegen über der Stadt, als De Luca sich auf den Weg macht in die Via delle Oche, dem berüchtigten Rotlichtviertel. Dort soll sich der kommunistische Bordellhandlanger Ermes Ricciotti erhängt haben. Die Indizien am Tatort sprechen eine andere Sprache, doch von oberster Stelle werden De Lucas Ermittlungen im Keim erstickt. Bis er der »Tripolina«, der verschlossenen, dunkelhaarigen Bordellbesitzerin, näherkommt.
Mit seinem eigenen festen Moralkodex bewegt sich Commissario De Luca in einem Netz aus Lügen, Betrug und politischer Machtgier. Aber auch ihm droht eine dunkle Vergangenheit zum Verhängnis zu werden.
Lakonie, der scharfe Blick fürs Milieu und bestechend vielschichtige Charaktere zeichnen die Romane von Carlo Lucarelli aus – und die ganz besondere Atmosphäre ihrer Zeit.

Thomas Perry

Die Hüterin der Spuren

Roman. Aus dem Amerikanischen von Fritz R. Glunk. 319 Seiten. SP 5683

Jane Whitefield ist eine Spezialistin in ihrem Beruf. Sie läßt Menschen verschwinden, indem sie ihnen neue Identitäten verschafft. Ein Grund dafür ist ihre Abstammung. Jane ist Halbindianerin und versteht sich darauf, Spuren zu verwischen und Finten zu legen, bis ein Mensch wie unauffindbar ist. Als eines Tages ein John Felker ihre Dienste erbittet, ein Buchhalter, der eine Menge gestohlenes Geld für sich abgezweigt hat, nimmt sie den Auftrag an. Sie schließt ihn auch erfolgreich ab. Doch dieser Auftrag hat Folgen: Zwei Tote im dichten Netz der falschen Fährten und dunklen Geheimnisse! Jane beginnt zu begreifen, daß sie selbst in die Irre geführt worden ist, und bietet alles auf, die rätselhaften Vorgänge aufzuklären.

Der Tanz der Kriegerin

Roman. Aus dem Amerikanischen von Fritz R. Glunk. 357 Seiten. SP 5686

Ein achtjähriger Knirps stürzt in den Gerichtssaal, wo er gerade für tot erklärt werden soll: »Ich bin Timothy Phillips!« Da Timmy Erbe eines Millionenvermögens ist, begibt er sich in höchste Lebensgefahr, denn irgend jemand ist hinter ihm und seinem Geld her. Jane Whitefield ist schon länger diskret in der Umgebung Timmys und hat diese höchst gefährliche Aktion geplant.

Die Jagd der Schattenfrau

Roman. Aus dem Amerikanischen von Fritz R. Glunk. 443 Seiten. SP 5687

Pete Hatcher verschwindet spurlos während einer glanzvollen Magic-Show in Las Vegas. Inszeniert hat dies Jane Whitefield, die Halbindianerin, eine Meisterin raffinierter Verwirr- und Vesteckspiele. Doch sie ahnt nicht, daß die Killer, die Pete auf den Fersen waren, nun sie selbst im Visier haben …

SERIE PIPER

Gemma O'Connor

Tödliche Lügen

Psychothriller. Aus dem Englischen von Inge Leipold. 479 Seiten. SP 6018

Es ist kaum drei Wochen her, daß Grace Heartfield ziemlich überraschend und brutal von ihrem Mann verlassen wurde. Dann findet sie einen amtlichen Brief im Briefkasten! Doch er hat nichts mit ihrem Mann zu tun, sondern kündigt eine Erbschaft an: Ihre Schwester sei gestorben – Grace wußte nichts von deren Existenz. Und wer ist der mysteriöse Holländer, der sich im Dubliner Kanal ertränkte? Grace reist nach Dublin und muß mehr und mehr erkennen, daß ein Gespinst aus Halbwahrheiten und Verschleierungen ihr Leben vergiftete, daß Angst und Terror ihre Kindheit bestimmten. Gemma O'Connor gelang ein psychologisch dichter Thriller, der in London und Dublin spielt, dessen Schauplatz aber gleichzeitig die Abgründe menschlichen Versagens sind.

»Ein Buch, das man nicht aus der Hand legt.«
Brigitte Dossier

Fallende Schatten

Psychothriller. Aus dem Englischen von Inge Leipold. 412 Seiten. SP 5659

»Das ist eine Geschichte, von der man nicht mehr loskommt. Eine Geschichte von Schuld und Sühne, von Ehrgeiz und Geldgier. Gemma O'Connor verdient eine Menge Punkte auf der nach oben offenen Krimi-Skala.«
Frankfurter Rundschau

Wer aber vergißt, was geschah

Psychothriller. Aus dem Englischen von Inge Leipold. 426 Seiten. SP 5689

Holy Retreat, ein Nonnenkloster hoch über einer Bucht bei Dublin, muß renoviert werden. Die verarmten Schwestern lassen sich deshalb dazu überreden, das Friedhofsgelände zu verkaufen. Die junge Rechtsanwältin Tess Callaway soll die heikle Angelegenheit abwikkeln. Doch bei der Umbettungsaktion taucht plötzlich ein Sarg zuviel auf. Tess wittert skrupellose Machenschaften, Geldgier und Verrat. Sie beginnt, viele unangenehme Fragen zu stellen – und setzt eine Katastrophe in Gang.

Frederick Forsyth

»Zeitgeschichte und Erfindung sind bei Forsyth so brillant gemischt, daß man die Grenzen nicht sieht und sich letzten Endes fragen muß, ob man wirklich einen Roman vor sich hat oder eine Reportage aus unseren Tagen.«
Die Welt

Die Akte ODESSA

Roman. Aus dem Englischen von Tom Knoth. 395 Seiten. SP 3126

Das mitreißende Erzähltempo läßt den Leser zum willigen Opfer des Autors werden.«
New York Times

Die Hunde des Krieges

Roman. Aus dem Englischen von Norbert Wölfl. 436 Seiten. SP 3127

In Irland gibt es keine Schlangen

Zehn Stories. Aus dem Englischen von Rolf und Hedda Soellner. 323 Seiten. SP 3130

Am Ende aller Geschichten kommt immer ein überraschender Knalleffekt, raffiniert witzig oder schockierend. Hier beweist sich Forsyth als der unvergleichliche Meister des Nervenkitzels.

McCreadys Doppelspiel

Thriller. Aus dem Englischen von Christian Spiel und Rudolf Hermstein. 496 Seiten. SP 3133

Der Schakal

Roman. Aus dem Englischen von Tom Knoth. 438 Seiten. SP 5511

»Wie Forsyth das Räderwerk einer Verschwörung bloßlegt, das übertrifft in seiner Meisterschaft Fleming und le Carré.«
L'Express

Des Teufels Alternative

Roman. Aus dem Englischen von Wulf Bergner. 512 Seiten. SP 3129

»Die handwerkliche Perfektion ist schier unerschöpflich, das wohlige Gruseln fast endlos.«
Neue Zürcher Zeitung

Der Unterhändler

Roman. Aus dem Englischen von Christian Spiel und Rudolf Hermstein. 526 Seiten. SP 3132

Das vierte Protokoll

Roman. Aus dem Englischen von Rolf und Hedda Soellner. 500 Seiten. SP 3131

SERIE PIPER

Daniel Silva

Double Cross – Falsches Spiel

Roman. Aus dem Amerikanischen von Reiner Pfleiderer. 568 Seiten. SP 2816

Operation Mulberry: so lautete das Kodewort für die alliierte Invasion in der Normandie und war das bestgehütete Geheimnis des Zweiten Weltkriegs. Als der englische Geheimdienst meint, alle deutschen Spione enttarnt und umgedreht zu haben, setzt die deutsche Abwehr ihre attraktivste Geheimwaffe ein: Catherine Blake, Top-Agentin, eiskalt und brillant. Mit atemberaubender Präzision geht sie auf die Jagd nach den alliierten Plänen. Auf der Gegenseite wurde, von Churchill persönlich, der Geschichtsprofessor und geniale Analytiker Alfred Vicary eingesetzt – ihr absolut ebenbürtiger Gegenspieler, der in letzter Minute entdeckt, daß es ein zweites deutsches Spionagenetz gibt. Catherine Blake ist in seiner nächsten Nähe … Daniel Silva verdichtet den teuflischen Wettlauf mit der Zeit, als das Schicksal Europas auf des Messers Schneide steht, zu einem rasanten Thriller, mit dem er sich John Le Carré oder Frederick Forsyth ebenbürtig zeigt.

Dean Fuller

Tod in Paris

Roman. Aus dem Amerikanischen von Inge Leipold. 435 Seiten. SP 2744

Alex Grismolet ist ein Lebenskünstler: Er wohnt mit seinem ballettbegeisterten Mündel auf einem Hausboot mitten in Paris, in seiner Freizeit spielt er Tuba in einer Jazzband. Grismolet ist Chefinspektor der Sûreté, seine Methoden sind alles andere als alltäglich. In seinem kauzigen, aus Litauen stammenden Assistenten Varnas hat er einen kenntnisreichen Helfer. Als in der Abenddämmerung eines kalten Novembertages im Parc Morceau die Leiche des betagten, angesehenen Diplomaten und Geschäftsmannes Andrew Wilson gefunden wird, weisen die Spuren zunächst auf einen Raubmord hin. Schnell wird ein junger Araber verdächtigt, aber Grismolet und Varnas bleiben skeptisch: Die geheimnisvolle Mordwaffe und der eigentümliche Freundeskreis des Toten führen das Duo zum Motiv der Tat. Dean Fuller verfügt über das nötige Maß an Humor, so daß die Lektüre immer ein spannendes Vergnügen bleibt.

SERIE PIPER

Sandro Onofri

Eines andern Schuld

Roman. Aus dem Italienischen von Peter Klöss. 239 Seiten. SP 2830

Ein ungewöhnlicher Kriminalroman, angesiedelt im Milieu der Vorstädte von Rom: Nachdem Laura ermordet aufgefunden wurde, ist ihr Ehemann Paolo zunächst der Hauptverdächtige. Und in der Tat hat er, vor Eifersucht und Enttäuschung außer sich, in blinder Wut auf Laura eingeschlagen und sie dann bewußtlos zurückgelassen. Doch immer mehr Indizien sprechen dafür, daß jemand anderes schuld ist an Lauras Tod, und je tiefer Paolo ihr Leben zurückverfolgt, um so deutlicher werden die Verstrickungen aller Beteiligten, die unaufhaltsam in eine Katastrophe führten. Diese Geschichte von Schuld und Sühne, von starken Emotionen und tödlicher Leidenschaft wird auf eindringliche Art erzählt. Mit präziser und zugleich poetischer Sprache zeichnet Sandro Onofri auch ein Bild der italienischen Randgesellschaft.

»Das ist glänzend geschrieben, ein Beziehungs-Thriller ohne billiges Krimi-Brimborium.«
Brigitte

Sebastiano Vassalli

Der Schwan

Roman. Aus dem Italienischen von Ragni Maria Gschwend. 235 Seiten. SP 2509

Sebastiano Vassalli führt den Leser in seinem literarischen Kriminalroman zurück in die Zeiten der Anfänge der Mafia: Am 1. Februar 1893 wird im Zug nach Palermo der hochangesehene Bankdirektor Marchese Notarbartolo erstochen aufgefunden. Diese Bluttat gilt allgemein als der erste politische Mord der sizilianischen Mafia. Notarbartolo war im Begriff gewesen, in Palermo illegale Machenschaften der Bank zu enthüllen, in die der Ministerpräsident Crispi verwickelt war. Erst Jahre später fällt der Verdacht auf Raffaele Palizzolo, genannt »Il Cigno«, »der Schwan«, Parlamentarier und Möchtegern-Poet, dessen schillernde Persönlichkeit tiefe Einblicke in die Psyche eines Mafioso gewährt.

»Ein in all seiner szenischen Geballtheit spannendes, aufklärendes und auch Nichtitaliener aufstörendes Erzählwerk.«
Neue Zürcher Zeitung

SERIE PIPER

Joseph R. Garber

Der Schacht

Roman. Aus dem Amerikanischen von Sonja Hauser und Christian Spiel. 367 Seiten. SP 2476

Jeden Morgen kurz vor 7.00 Uhr genießt Dave Elliot noch einmal die Stille seiner Chefsuite im 45. Stockwerk Midtown New York, bevor sein Arbeitstag beginnt. Aber dieser Tag ist anders als alle Tage zuvor: an diesem Tag versucht jeder, der Dave begegnet, ihn umzubringen. Sein Chef macht den Anfang, als er ihm mit durchgeladener Pistole und der festen Absicht, ihn zu erschießen, gegenübertritt. Und der 50stöckige Büro-Tower scheint zu wimmeln von Leuten, die nur eines wollen: Dave Elliots Leben. Er hat 24 Stunden Zeit, um herauszufinden, warum... Dave kämpft einen fast aussichtslosen Kampf gegen einen überlegenen Gegner, der alle Vorteile auf seiner Seite hat. In dieser Situation erwachen in ihm plötzlich wieder alle Instinkte und Überlebenstechniken, die er längst vergessen zu haben glaubt. So eskaliert die höllische Verfolgungsjagd durch die Fahrstuhlschächte, Treppenhäuser und über die Fassade des Wolkenkratzers in einen erbarmungslosen Schlagabtausch zwischen den Häschern auf der einen und dem Opfer auf der anderen Seite.
Eine perfekt inszenierte, wahnwitzige Verfolgungsjagd in einem Büro-Tower in Manhattan. Selten war die Einsamkeit eines Menschen, der gnadenlos in die Enge getrieben wird, so hautnah zu spüren.

»Die Jagd durch Fahrstuhlschächte und Treppenhäuser hat Joseph R. Garber so aufregend inszeniert, daß man am verblüffenden Schluß ganz atemlos ankommt.«
Bild am Sonntag

»Garber hat es glänzend verstanden, die atemberaubende Menschenjagd durch Fahrstuhlschächte und Treppenhäuser in eine dichte, treibende Sprache umzusetzen... Dem Leser wird hier wahrlich keine Atempause gegönnt, er vermag sich darum auch der Dramatik kaum zu entziehen.«
General-Anzeiger

Peter Lovesey

Die Frau im See

Peter Diamond – der letzte Detektiv. Aus dem Englischen von Ulrike Wasel und Klaus Timmermann. 367 Seiten. SP 5672

Peter Diamond ist über vierzig, übergewichtig, überempfindlich, sehr erfolgreich und vielen ein übergroßes Ärgernis. Er ist Leiter der Mordkommission in Bath, einem kleinen Badeort im Südwesten Englands, und er ist einer vom alten Schlag: ein echter Schnüffler, der an Intuition glaubt und Computern und Karrieristen grundsätzlich mißtraut. Eine nackte Frauenleiche wird in einem See nahe Bath gefunden, weder Spuren noch Todesursache können zweifelsfrei geklärt werden. Wochen später meldet sich der Ehemann und identifiziert die Tote als seine Frau, einst eine gefeierte Fernsehschauspielerin. Alle Indizien belasten zunächst den Ehemann, dann die alleinerziehende Dana Didrikson … Ehe Diamond seine Ermittlungen zu Ende führen kann, quittiert er beleidigt den Dienst. Selbstzweifel lassen ihn auf eigene Faust weiterermitteln und feststellen, wie verlorengegangene Briefe von Jane Austen, ausgebüxte Chorknaben, Drogen und ein schwarzer Mercedes in dieses Puzzle passen.

Die Fährte des Mädchens

Peter Diamond – der letzte Detektiv. Aus dem Englischen von Ulrike Wasel und Klaus Timmermann. 342 Seiten. SP 5671

Peter Diamond, brummiger Ex-Polizist, übergewichtig und hypersensibel, verliert erneut seinen Job, diesmal als Wachmann bei Harrods in London: Er hatte beim Zusperren des Kaufhauses ein achtjähriges japanisches Mädchen nicht bemerkt. Diamond will seinen Fehler wiedergutmachen und versucht auf eigene Faust, die Identität dieses seltsamen autistischen Kindes zu ermitteln. Da wird Naomi entführt, und Diamond folgt ihrer Spur nach New York und Japan. Mit Hilfe eines berühmten Sumo-Ringers und dem New York Police Department gelingt es ihm, Licht ins Dunkel zu bringen und die kriminellen Machenschaften um eine feindliche Firmenübernahme und ein Arzneimittel mit gefährlichen Nebenwirkungen aufzuklären.

Gerechtigkeit für einen Mörder

Peter Diamond – der letzte Detektiv. Aus dem Englischen von Ulrike Wasel und Klaus Timmermann. 349 Seiten. SP 5670